# FAKE

AF191461

Andreas Degkwitz

# FAKE

Bibliografische Information der Deutschen Nationalbibliothek:
Die Deutsche Nationalbibliothek verzeichnet diese Publika-
tion in der Deutschen Nationalbibliografie; detaillierte bibliografische Daten sind im Internet abrufbar über
http://dnb.dnb.de.

Lektorat: Barbara Herrmann

Verlag: BoD • Books on Demand GmbH, In de Tarpen 42,
22848 Norderstedt
Druck: Libri Plureos GmbH, Friedensallee 273, 22763 Hamburg

ISBN: 978-3-8370-1097-8

## ZWEI WELTEN

Mit vielen Risiken und einigen unerwünschten Wirkungen kann sich der Umgang mit dem Internet zu einer Lebensform entwickeln, die zu Abhängigkeiten führt und die Wahrnehmung dessen, was außerhalb dieser Lebensform liegt, stark beeinträchtigt. Zwar meinen alle, die auf den endlosen Informationsfluten segeln, überall auf der Welt zu Hause zu sein. Doch am Ende zeigt sich niemand dieser Herausforderung gewachsen und beschränkt sich auf sich, um nicht verloren zu gehen. Besondere Risiken der Technik, die das Internet trägt, sind ihre Potenziale des Täuschens und Schwindelns, die schon bedrohlich sind, ohne vorsätzlich eingesetzt zu werden: *fake* ist gefährlich, da *fake* die Wahrnehmung fehlleitet und irreführt, die das Internet ohnehin schon beschränkt.

Ein Mensch wie Adrian hält vom Internet wenig und lehnt es als Lebensform ab, was er deutlich macht. Für einen Menschen wie seine Schwester Lilly ist es der Mittelpunkt, der sich selbstverständlich auf ihre Lebensform auswirkt, aber auch rasch an Grenzen kommt, wie ihr Schicksal zeigt.

Adrian oder auch Adi, so der Name eines Lovers seiner Mutter, der aber nicht sein Vater war, Adrian oder Adi war zwanzig, von mittelgroßer Gestalt, athletisch, mit einem großen, runden Wuschelkopf. In den 2010er Jahren besuchte er eine Universität weit weg von seiner Heimatstadt und studierte dort Politik und Sport. Einer, der sich den Hintern vor dem Computer breitsitzt, war Adrian nicht, aber auch keine Leseratte, die nichts als Bücher und Lektüre kennt. Adrian wollte in seinem Studium etwas erleben. Politik studierte er, um zu verstehen, was in der Weit geschieht, und um Menschen dafür zu gewinnen, die Welt zu einer besseren zu machen. Da er in Bewegung bleiben wollte und zum Studium der Politik eine Ergänzung brauchte, studierte er Sport, da Politik und Sport aus seiner Sicht gut zusammenpassten. Denn wer in politischen Auseinandersetzungen bestehen wolle, sei gut beraten, mit sportlichem Wettbewerb vertraut zu sein. Umgekehrt enthalte Sport viel Politik, wenn er beispielsweise an Wettbewerbe wie Olympische Spiele oder Weltmeisterschaften dachte. Erfolge im Sport können auch politische Konsequenzen haben. Wettbewerbe in der Politik gleichen oft sportlichen Wettkämpfen. Adrian war sich mit dieser Einschätzung sicher, dass für ihn nichts anderes in Betracht kam als diese beiden Studienfächer.

Kai, der Vater, etwas kleiner als Adrian, aber ähnlich charmant und sehr zupackend, war bei einem Autounfall tödlich verunglückt. Mit hoher Geschwindigkeit war er auf einer geraden Straße gegen einen Baum gefahren, als er mit dem Navi seine Fahrtroute überprüfte. Das

Auto explodierte und ließ in den Flammen nichts Erkennbares von ihm übrig. Dass es der Wagen des Vaters war, wurde über das Nummernschild des Wagens identifiziert, und, dass er zu dieser Zeit auf der Straße fuhr, auf der der Unfall geschah, und auch am Steuer saß, das wusste Grit, seine Frau und die Mutter von Adrian und Lilly. Sie war groß, schlank und hatte ein schmales, schönes Gesicht. Kais Tod war ein unfassbar schwerer Schlag für die Familie und setzte sie finanziell stark unter Druck. Das Geld, um die Raten für die Haushälfte zu bezahlen, die sie vor ein paar Jahren erst erworben hatten, konnte Grit nicht mehr aufbringen und musste sie verkaufen. Da ging Adrian in die letzte Schulklasse vor dem Abitur, seine Schwester Lilly in die erste Oberstufenklasse des Gymnasiums. Eine neue Wohnung für die drei musste gefunden werden. Grit geriet in die Situation, ihre Tätigkeit als Krankenschwester wieder aufzunehmen. Kai war Niederlassungsleiter einer Baumarktkette gewesen und hatte gut verdient; davon war auch etwas übriggeblieben. Doch für einen weiteren Verbleib in der Haushälfte hätte es nicht gereicht.

So war Adrian vollkommen unvorhergesehen in bescheidene Lebensumstände geraten. Doch er hatte genug Mutterliebe und Optimismus, um den Beginn dieser nun vaterlosen Zeit zu ertragen. Lilly hingegen tat sich schwer und zog sich in sich selbst zurück. Zusätzlich zum Tod des Vaters belasteten sie die Herausforderungen der gymnasialen Oberstufe, die sich mit viel Lernaufwand für das Abitur verbanden.

Doch Adi hatte Zweifel, ob sie sich tatsächlich damit auseinandersetzte. Denn jedes Mal, wenn er ihr meistens dunkel verschattetes Zimmer betrat, sah er, wie sie im Internet surfte, auch wenn sie die Seiten, die sie gerade geladen hatte, hektisch wegklickte, um den falschen Eindruck zu erwecken, sich mit ihren schulischen Aufgaben zu beschäftigen. Adrian entging das nicht; er wusste, dass sich Lilly mit Surfabenteuern, Postings in sozialen Netzwerken und schrillen Videostreams befasste, um den Tod Kais und dessen Folgen zu vergessen und sich davon abzulenken. Sie ergab sich einer Flut wirklichkeitsfremder Anregungen, Hinweise, Fantasien und Versuchungen und ging darin unter. Stets war sie allein vor dem Bildschirm, obwohl sie sich ständig mit immer wieder anderen, neuen Internetnutzern in Verbindung setzte.

Trotz ungezählter Follower und Tausenden von Likes: Lilly war einsam, verwahrloste und tat nichts anderes, als sich Tag für Tag aufzugeben. Nicht dass sie zuvor eine Schönheit gewesen wäre, aber sie war ansprechend, gut gekleidet und wirkte sympathisch. Jetzt mit bleichem Teint, roten, müden Augen, langen, zerfransten Haaren und abgemagert, bot sie das erschreckende Bild einer Nachtgestalt, das viele Fragen zu den schrägen Auswirkungen des Internets aufwarf. Dessen unaufhörliches, digitales Spektakel entließ seine Konsumenten nicht mehr aus ihrer saturierten, süßen Abhängigkeit, machte sie zu einsamen, verlorenen Nerds. Das Internet präsentierte sich dabei als eine Art Allmende, die alle daran Teilnehmenden mit dem Schwindel einer besseren Welt und einem Überfluss an kommunikativem Impact beglückte, solange es seine *user* diskret im Dunkel zugezogener Vorhänge oder heruntergelassener Jalousien hielt. Als die Mutter merkte, welcher Entwicklung sich Lilly aussetzte, bemühte sie sich, sie davon abzubringen, und bot ihr gemeinsame Unternehmungen als Alternativen an wie Ausflüge, Film- und Konzertbesuche oder auch Reisen. Leider blieben ihre Versuche erfolglos. Lilly wollte nichts davon wissen und ließ sich nicht darauf ein.

Adrian konnte damit nichts anfangen. Nicht dass er vom Internet keinen Gebrauch machte, doch das tat er nicht wie Lilly aus Verzweiflung über die entstandene Lebenslage, noch, um sich von Risiken abzulenken, die das bisher bestehende Lebensglück zu zerbrechen drohten. Denn da halfen Offenbarungen, die das Internet bot, oder *likes* der *social networks* nicht, mit denen ihr Schicksal im Sinne virtueller *awareness economy* kontinuierlich vermarktet wurde. Adi bevorzugte einen Handschlag auf die Schulter nach einem Treffer beim Basketballspiel oder Umarmungen nach einem Tor beim Fußball. Das war spontan und voller Gefühl – doch er hielt nichts von allem Vorgekauten und Anklickbaren, das den Raum des Internets abstrakt und unverbindlich füllte. Als er Schulsprecher war, forderte er die an Meetings teilnehmenden Schülerinnen und Schüler auf, ihre Handys abzuschalten und sich auf die Treffen zu konzentrieren. Denn ein soziales Netzwerk war für Adrian eine Gemeinschaft unmittelbaren Austauschs und Zuhörens derer, die ihr angehörten und die deshalb lebte, und keine digitale Plapperstube, in der man lautstark auf sich aufmerksam machte und sich gegenseitig *anschrie* – das gab es bei Besprechungen unter seiner Leitung nicht. So wollte er auch in seinem Studium viel erleben allerdings nicht per *Zoom* oder im *Streamingmodus*. Dazu kam es, aber in ganz anderer Weise, als er sich das vorgestellt hatte.

## FAKE?

Es war elf Uhr nachts, als Lillys SMS an Adrian ging:

*„Papa ist gar nicht tot. Weißt Du das? Ich sitze neben ihm und trinke mit ihm einen doppelten Whiskey. Willst Du vorbeikommen? Hier sind die Koordinaten. Bis bald! Lilly"*

Was das sei, fragte sich Adi und versuchte trotz später Stunde seine Mutter auf ihrem Handy zu erreichen, doch ihre Nummer war gesperrt wie auch die des Festnetzes – das war ungewöhnlich. Was passierte da? Hatte jemand Grit überfallen und ihre Telefone manipuliert? Und überhaupt, dass sein Vater Kai nicht tot sei, sondern mit Lilly Whiskey trinke? Die Koordinaten, die Lillys SMS enthielt, befanden sich in der Nähe seiner Heimatstadt. Wie sollte er da jetzt vorbeikommen? Doch Lilly ließ offenbar von sich hören, was Adrian überraschte.

Ein halbes Jahr vor ihrem Abitur war sie immer wieder auf Achse und für ihre Familie nicht zu erreichen. Was sie machte und wo sie sich aufhielt, fragte sich Grit in großer Sorge um sie. Grit, aber auch Adrian, der im dritten Semester studierte, waren äußerst beunruhigt, zumal Lilly nichts über ihre Touren verlauten ließ und wiederholter Nachfragen zum Trotz kein Wort darüber verlor.

Entfernte sie sich auf eigene Faust? War sie abhängig von einer Gruppe oder jemandem hörig? Und jetzt kam diese unglaubliche Mitteilung. Die SMS, die Adi an seine Mutter schrieb, um sie zu bitten, mit ihm Kontakt aufzunehmen, konnte nicht zugestellt werden. Er war komplett verwirrt und entschied, den Ort, dessen Koordinaten ihm Lilly gesimst hatte, umgehend aufzusuchen. Er wählte die Nummer der SMS, die Lilly ihm geschickt hatte, um ihr das mitzuteilen, doch sie nahm nicht ab. Statt bis zum nächsten Morgen zu warten, setzte sich Adi in Grits Auto, das sie ihm geliehen hatte, und machte sich gegen Mitternacht auf den Weg. Es war regnerisch und windig; nach fünf Stunden erreichte Adrian das Ziel, das Lilly ihm mit den Koordinaten mitgeteilt hatte und fand sich auf einem Parkplatz am Rand eines dichten Laub- und Tannenwalds ein, der ihm die Märchenwelt seiner Kindheit unmittelbar in Erinnerung rief. So gewaltig erstreckte sich der Wald über die Anhöhe, die sich vom Parkplatz aus erhob. Würden jetzt in der Morgendämmerung aus dem mit Regentropfen benetzten Laub Räuber, Hexen und Trolle treten, um ihn, Adrian, zu ergreifen und zu entführen? Kreischende Rabenvögel flogen aufgescheucht von den Bäumen. Wer das verursachte, fragte sich Adrian, wer erwartete ihn zwischen den Bäumen, in einer Höhle oder in einer versteckten Hütte? War das Lilly, die hier eine vom Fluch des Internets verzauberte Fee abgab? Er stieg aus dem Auto; da platzte das Klingeln seines Handys in den beginnenden Tag und weckte die allem Anschein nach schlafenden Bäumen. Adrian nahm das Gespräch an.

„Jetzt bist du tatsächlich da", sagte eine Stimme, die der Stimme Lillys glich, „aber du bist zu spät, du Schuft, du hast deinen Vater warten lassen und ihn deshalb verpasst. Schande, Adrian, Schande über dich, du Schuft ..."

„... was wirfst du mir vor, Lilly?", rief Adrian dazwischen, „schneller hätte es gar nicht gehen können ..."

„Du hast mir nicht geglaubt, dass Papa lebt, viel zu lang hast du gezögert, um dich auf den Weg zu machen. Nun war es umsonst."

„Wo bist du denn? Ich möchte dich sehen und wissen, wo du bist."

„Ging es dir nicht um Papa? Ging es dir etwa um mich? Wolltest du mir beweisen, dass ich dich belüge, wenn ich dir sage, dass Papa lebt? Du bist ein Schuft, Adrian! Aber komm hoch zu mir."

„Wo bist du jetzt? Wie komme ich zu dir?"

„Das weißt du nicht? Folge deinem Gefühl, wenn du mich finden willst! Früher hast du mich immer im Wald gefunden, weil du mich finden wolltest. Heute fragst du mich, weil du mich nicht finden willst, aber beweisen möchtest, dass du mich suchst. Was für eine schräge Nummer, Adi! Hältst du dich für meinen Bruder?"

„Bin ich das etwa nicht? Hast du einen anderen als mich?"

Doch da war Lillys Stimme schon verstummt, und Adi stieg den Wald hinauf, um sie zu suchen. So wie früher, als sie im Wald Versteck spielten, glaubte er sie zu finden und sah sich nach Hütten oder Höhlen unter den hohen Bäumen um. Obwohl es nun schon neun Uhr war, erschien der Wald noch immer dunkel. Adrian stapfte durch tiefes Laub und morsche Kiefernäste, die so knackten, wie es immer gewesen war. Lilly konnte nicht mehr weit weg sein, wollte sie doch wie auch früher von ihm gefunden werden. Ja, das hatte Spaß gemacht, wenn sie von Baum zu Baum sprang, um nicht von ihm entdeckt zu werden. Aber Adrian wusste immer, wo sie war; sie konnte sich nicht vor ihm verstecken. Denn sie wollte ihm gefallen, Adrian, ihrem großen Bruder.

Aber jetzt war sie nicht zu sehen. Adi sah Lilly nicht von Baum zu Baum springen. War sie überhaupt in diesem Wald? Oder hatte sie ihn von ganz woanders, von außerhalb des Waldes angerufen? Er griff nach seinem Handy und versuchte, sie zu erreichen.

„Wer bist du, was willst du?", fragte ihn eine Stimme, die sich nach Lilly anhörte, „ich habe nicht viel Zeit."

„Adrian bin ich. Wir haben gerade miteinander telefoniert, Lilly, schon vergessen? Wo finde ich dich? Ich suche bald eine Stunde nach dir und bin dabei, mich im Wald zu verlaufen …"

„… mit mir hast du telefoniert?", unterbrach Lilly ihn, „daran erinnere ich mich nicht. Wir haben lange nicht mehr telefoniert – das wollte ich nicht, wie ich es auch jetzt nicht will. Das Telefonat mit mir, mit Lilly, das du ansprichst, wird *fake* gewesen sein."

„Was meinst du damit?", fragte Adrian, „was ist hier *fake*?"

„Wusstest du überhaupt, ob diejenige, die mit dir sprach, tatsächlich diejenige war, für die du sie gehalten hast? Du glaubst mit mir, mit Lilly, telefoniert zu haben, aber ich war das nicht. Jetzt lass mich in Ruhe! Ich habe keine Lust, mit dir zu sprechen."

„Warte", rief er in den Hörer!", doch da hatte sie schon aufgelegt. Ohne Ergebnis war das Telefonat für ihn beendet.

Was ist da los, fragte sich Adrian, wer macht da was mit mir? War die Stimme, die ich für Lillys Stimme hielt, gar nicht ihre? War Lilly, mit der ich zuletzt sprach, tatsächlich Lilly?

Ich suche sie jetzt hier im Wald, wie ich es auch früher gemacht habe, entschloss er sich, und finde sie genauso wie früher. So hatte Lilly oder ihre Stimme es mir auch telefonisch mitgeteilt. Das stimmte, aber mit allem anderen haben mich die Telefonate belogen. Wahrscheinlich *fake*, was immer das ist, und mir nicht hilft – das habe ich verstanden.

Da, wo er stand, sprudelte ein Bach, dessen Quelle nicht weit entfernt war, und an Brombeersträuchern hingen dicke, reife Beeren. Adi trank Wasser und aß von den Beeren; denn er hatte nichts zu sich genommen, seit er das Auto verließ, und hatte das Bedürfnis nach einer Stärkung. Dann eilte er querfeldein durch den Wald in eigenen Serpentinen und suchte Lilly hinter dicken Eichen, Felsen und in Höhlen, aber fand von ihr keine Spur, bis er an einem Baum ein langes, weißes Kleid hängen sah, das elegant im Wind wehte. Gehörte das ihr? War sie hier gewesen? Hatte sie ihm das Kleid als Wegweiser dorthin gehängt? Oder war sie hier ergriffen und entführt worden, ihr das Kleid genommen, aber hier vergessen worden?

Wieder läutete sein Handy. Adrian nahm nicht ab. Doch das Handy kam nicht zur Ruhe. Als er schließlich nachgab, hörte er Stimmen, die in unterirdischen Gängen hallten, und Schreie von Lilly, wie Adi vermutete, waren zu hören, scharfe, spitze Schreie, die nach ihm und um Hilfe riefen. Adrian rannte, stolperte, schwitzte und fiel vor Erschöpfung auf den abschüssigen Waldboden, so dass er ein großes Stück des Abhangs hinabrutschte, bis er wieder auf beiden Füßen stand. Das weiße Kleid, das er vom Baum gerissen hatte, war dreckig und voller Flecken; er stopfte es in einen belaubten Busch, wo es gut versteckt war, und ging zum Auto.

Müde stieg er in den Wagen. Dass die beiden Hinterreifen beinahe platt waren, merkte er, als er losfuhr; jemand hatte sie zerstochen. Mist, dachte er, jetzt mache ich auch noch die Felgen kaputt, wenn ich trotzdem fahre. Nur einen Ersatzreifen habe ich im Kofferraum, ganz langsam muss ich fahren. Zum Glück war noch etwas Luft in den Reifen. Nach knapp zwei Kilometern erreichte er ein Dorf, das in der Nähe lag; dort stellte er das Auto am Dorfeingang ab und suchte einen Bus in die kleine Stadt, die nicht weit entfernt war. Von dort aus fuhr er mit dem Zug und drei Mal Umsteigen zu Grit. Am späten Nachmittag stand er vor dem Haus, in dem sie wohnte. Die Fahrt mit Bus und Bahn hatte viel Zeit gekostet. Er klingelte, doch niemand öffnete ihm die Tür. Auch als er sich auf die Straße stellte und nach ihr rief, bewegte sich nichts. Offenbar war Grit nicht zu Hause, was Adi erstaunte. Üblicherweise war sie um diese Zeit daheim und machte sich ein warmes Abendessen; darauf hatte er gehofft. Denn der Imbiss, den er am Bahnhof eingenommen hatte, stillte seinen Hunger nach den Strapazen seiner Suche nach Lilly nicht. Da fiel sein Blick auf einen vollen

Briefkasten, bei dem Umschläge und Zeitschriften aus dem Schlitz ragten. Das Namensschild, das er zerschlissen unter einem Tesastreifen fand, verriet ihm, dass es der Briefkasten Grits, seiner Mutter, war. Offenbar war er seit einiger Zeit nicht mehr geleert worden.

## NACHBARSCHAFT

„Wo ist Mutters Auto?", schrie eine Stimme aus seinem Handy in sein Ohr, die Adrian nicht kannte, „hast du ihr Auto verloren oder dir stehlen lassen?"

„Was geht dich das an?", gab er empört zurück, „wer bist du?"

„Warum hast du mein Auto in dem Dorf weit weg von meiner Wohnung abgestellt und bist mit der Bahn gekommen?", fragte jetzt eine Stimme, die Grits Stimme glich, „ist es kaputt und kann nicht mehr gefahren werden?"

„Woher weißt du, wo dein Auto steht?", wollte Adi wissen, „oder bist du nicht Grit, sondern nur ihre Stimme, die mir das mitteilt?"

„Ich bin Grit, deine Mutter. Warum stellst du das in Frage?", keifte sie, „unverschämt bist du, Adrian. Warum stehst du ohne Auto vor meiner Wohnung? Hast du das Auto so schwer beschädigt, dass man damit nicht mehr fahren kann? Wahrscheinlich hast du es deshalb am Eingang des Dorfes abgestellt."

„Lilly hat mir mitgeteilt, dass Papa gar nicht tot ist, sondern mit ihr zusammensitzt und Whiskey trinkt. Da habe ich mich auf den Weg gemacht …"

„… aber mir nichts davon mitgeteilt", unterbrach sie ihn, „du bist ein Schuft, ein verlorener Sohn, der seine Mutter nicht schätzt, ihr aber das Auto nimmt …"

„… das ist nicht wahr", brüllte er in das Handy, „ich habe versucht, bei dir anzurufen. Du hast nicht abgenommen, warst nicht da. Deshalb stehe ich jetzt vor dem Haus, in dem du wohnst. Wo bist du, Mutter?"

„Was geht dich das an, Adi? Ich bin unterwegs wie du", antwortete sie empört, „willst du mir verbieten unterwegs zu sein? Darf ich das nicht?"

„Warum leerst du deinen Briefkasten nicht?", gab er vorwurfsvoll zurück, „allem Anschein nach wohnst du gar nicht mehr hier."

„Jetzt reicht es mir aber", schrie sie und legte auf.


Ob die Stimme, die er gehört hatte, wieder *fake* war, fragte sich Adrian, dafür sprach viel. Denn was die Stimme, die Grits Stimme glich, zum Besten gab, entsprach weder ihrer Art noch war das ihr Charakter. Offenbar gab es jemanden, der ihn verfolgte, mehr noch beschattete und ihn mit den Stimmen von Grit und Lilly anrief. Anders konnte er sich nicht erklären, was er im Wald erlebt hatte, und jetzt die Stimme, die er für die seiner Mutter hielt und ihm mitteilte, dass er ihr Auto im

Dorf nahe dem Wald abgestellt hatte. Das war bestimmt nicht Grit, die doch nie auf die Idee gekommen wäre, ihn zu verfolgen, zumal er ihr nicht gesagt hatte, dass er auf Veranlassung Lillys dorthin unterwegs gewesen war, obwohl Lillys Nachricht, mit dem Vater Whiskey zu trinken, vermutlich genauso *fake* war, wie das, was Grit ihm zum Vorwurf machte. Doch dass Grit nicht vor Ort in ihrer Wohnung zu sein schien, beunruhigte ihn.

Dass es Adrian für sein Studium in eine andere Stadt zog, hatte Grit verstanden. Doch dass er sie deshalb mit Lilly, die sich immer mehr in die Welt des Internets zurückzog, allein gelassen hatte, machte sie traurig. Adrian hatte mit ihr zum Frühstück, Mittag- und Abendessen gemeinsam am Tisch gesessen, hatte von sich, von seinen Freunden und von der Schule erzählt und sie bisweilen um Rat gefragt. Sie berichtete ihm von ihrem Job und den Herausforderungen, die er mit sich brachte. Diese Form der Gesprächspartnerschaft gefiel ihr und wurde zu einer willkommenen Gewohnheit. Mit Lilly gelang ihr das nicht, die meistens an ihrem Computer saß, wenn sie zu Hause war. An einem Austausch mit Grit lag Lilly nicht, da sie ihr Leben in die virtuelle Allmende des Internets verlegt hatte und dort erlebte, was sie für wichtig hielt. Dass Lilly sich dabei einsam fühlte, gab sie nicht zu. Grit hingegen sah sich der Einsamkeit ausgeliefert, als Adi weit weg in eine andere Stadt zum Studieren ging, und ließ sich aus diesem Sumpf von seinen Telefonaten ziehen, die er alle zwei bis drei Tage ausführlich mit ihr führte – jedenfalls war dies am Anfang seines Studiums so, als er noch Halt bei ihr suchte, den er in seiner neuen Lebensphase noch nicht gefunden hatte. Aber ihm war auch klar, dass sie von Lilly - der gemeinsamen Wohnung zum Trotz - wenig hatte, so dass er sich auch ein Stück weit in der Verantwortung sah, sich Grits Gesprächsbedarfs anzunehmen.

Ob aus ihrer unmittelbaren Nachbarschaft jemand über Grits Verbleib etwas wusste und mitteilen konnte, fragte sich Adrian nach dem Telefonat und angesichts des verstopften Briefkastens. Etwas entfernt stand er vor dem Haus, in dem sie wohnte, und hoffte, dass jemand das Gebäude verließ, so dass er sich nach ihr erkundigen konnte. Ein älterer Mann trat aus dem Haus, der ihm bekannt vorkam, als er sich ihm näherte.

„Ich bin Adrian", sprach er ihn an, „erinnern Sie sich noch an mich? Bis vor eineinhalb Jahren habe ich hier mit meiner Mutter gelebt."

Der ältere Mann sah ihn erstaunt an und schien nach einer Antwort zu suchen. Plötzlich brach es aus ihm heraus:

„Adrian, ja, ich erinnere mich – du studierst Sport und, was war es noch gleich Soziologie, Betriebswirtschaft oder so ähnlich ..."

„… und Politik", ergänzte Adrian leise.

„Ach ja" sagte der Mann, „das war es. Jetzt machst du Heimaturlaub? Oder was führt dich hierher?"

„Ich war seit ein paar Tagen hier in der Nähe wegen eines Projekts und hatte nun vor, meine Mutter zu besuchen."

„Die ist nicht da", erwiderte er, „schon einige Tage habe ich sie nicht mehr gesehen. Das ist merkwürdig. Denn zuvor sind wir uns beinahe täglich begegnet. Aber seit ein paar Tagen … ich verstehe das nicht. Ich gestehe, dass ich sie vermisse."

„Offenbar haben Sie viel Kontakt mit ihr. Oder täusche ich mich?"

„Auf den Absätzen des Treppenhauses begegnen wir uns oft und begrüßen uns freundlich. Deine Mutter ist kein Kind von Traurigkeit, auch wenn sie fortgeschrittenen Alters ist. Sie hat oft Besuch von deutlich jüngeren Männern, so jedenfalls mein Eindruck …"

„… das sind Bekannte oder Freunde meiner Schwester gewesen", unterbrach Adrian ihn, „die sie besuchen oder wohin auch immer abholen."

„Du hast noch eine Schwester?", fragte der ältere Herr erstaunt, „die kenne ich nicht, die habe ich noch nie gesehen."

„Bevor ich mein Studium aufnahm, hat sie sich nach der Schule meistens in ihr Zimmer zurückgezogen und ist vor ihrem Computer gesessen, um zu surfen, zu twittern, zu chatten und sich ausschließlich im Internet zu bewegen. Das hat sich offensichtlich verändert, seit junge Männer an ihr Interesse finden. Ob sie in der Wohnung ist, weiß ich nicht. Lilly bringt es fertig, Klingeln und Klopfen zu überhören und mich draußen stehen zu lassen. Wir verstehen uns nicht sehr gut; denn wir sind sehr verschieden."

„Wie schade!", äußerte der ältere Mann, „wahrscheinlich ist deine Schwester ebenso lebensfroh wie deine Mutter – das wird ihren Kerlen Spaß machen, wenn es tatsächlich Lillys Kerle sind …"

„Bezweifeln Sie das?", wollte Adrian wissen, „meine Mutter hat doch keine Kerle!"

„Da bin ich mir nicht so sicher, um ehrlich zu sein. Ich weiß, dass deine Mutter Witwe und dein Vater verunglückt ist. Mehrfach hatte ich versucht, sie zu einem Abendessen in ein Lokal oder in meine Wohnung einzuladen. Denn sie erschien mir so allein gelassen, als du dein Studium begonnen hattest. Aber ich konnte sie nicht dafür gewinnen: Keine Zeit, wie sie vorgab. Als sie mir das im Bademantel einmal an eurer Wohnungstür erklärte, die dafür einen Spalt breit geöffnet war, hatte ich das Gefühl, dass sie nicht allein in der Wohnung war, sondern jemanden dort versteckte, der, um es offen zu sagen, ihr *lover* war."

Adrian schüttelte den Kopf.

„Das kann ich mir nicht vorstellen, das wüsste ich doch, wenn meine Mutter einen Liebhaber hätte ..."

„Mehr kann ich dir dazu nicht sagen", äußerte der Mann, „vielleicht fragst du ihre unmittelbare Nachbarin gegenüber eurer Wohnung. Mit der ist deine Mutter ja befreundet. Wahrscheinlich hat sie ihr allerlei über sich erzählt."

„Das mache ich", gab Adi zurück, „vielen Dank für den Tipp!"

Als er auf die Haustür zuging und eintreten wollte, wurde ihm per SMS ein Audiofile zugeleitet; er öffnete es und wurde angeschrien:

„Was suchst du hier? Verschwinde, du Lump! Deine Mutter hast du im Stich gelassen, beschädigt, bestohlen. Jetzt bist du wieder hier, um deiner Mutter zu erklären, warum ihr Auto weit weg von hier mit zwei platten Reifen am Rand einer Straße steht, die in den Wald führt. Willst du das deiner Mutter antun, du Ratte? Willst du sie wie schon oft mit Vorwürfen quälen? Deine Schwester zum Sündenbock machen für alles, was du wieder und wieder angestellt oder verbockt hast? Verschwinde von hier, bevor es zu spät ist. Deine Mutter triffst du hier nicht mehr."

Adrian, in seiner Bestürzung und Verwirrung, wäre fast darauf hereingefallen, auf das Audiofile zu antworten. Wer das war, fragte er sich, als er das bemerkte: Lilly, Grit oder vielleicht sogar die Nachbarin? Die Stimme konnte er nicht erkennen. Aber was half es ihm, sie zu identifizieren, wenn es wie bei den Telefonaten *fake* war, um ihn zu ängstigen oder zu verwirren. Was für ein Unsinn wurde ihm vorgeworfen? Er habe seine Mutter ausgeraubt und mit Vorwürfen gekränkt, die Verantwortung für seine Untaten der Schwester angelastet – das war alles gelogen und falsch und diente offenbar dazu, ihn zu verstoßen und irrezumachen. Wer bedrohte ihn und nahm sich offenbar vor, ihn in den Wahnsinn zu treiben, diese Frage bewegte ihn.

Inzwischen war es Abend geworden und die Dämmerung setzte ein. Adi entschied, sich von der Drohung, die ihm das Audiofile mitteilte, nicht beeindrucken zu lassen, und betrat das Haus, als jemand es verließ. Als er erneut auf der Etage war, auf der sich Grits Wohnung befand, sah er auf die verschlossene Tür. Ob Lilly in der Wohnung sitze und ihn verfolge, da sie sich zum *nerd* entwickelt und dabei verrannt hatte und Adrian um sein Studentenleben beneidete? Oder hatte sie noch andere

Rechnungen mit ihm offen, die noch nicht beglichen waren? Er trat zur gegenüberliegenden Tür der Nachbarin und klopfte leise an.

„Ja?", fragte die ihm vertraute Stimme der Nachbarin hinter der Tür, „wer ist da?"

„Adrian von gegenüber", ließ er sie wissen, „wir kennen uns und ich möchte …"

„Adrian", unterbrach sie ihn freudig und öffnete ihm die Tür, „wie schön dich zu sehen. Komm herein! Willst du mit mir abendessen? Ich habe mir gerade den Tisch gedeckt."

Die Nachbarin war fünf Jahre jünger als Grit und arbeitete halbtags in einem Konfektionsgeschäft. Der Flur ihrer Wohnung weckte bei Adrian heimatliche Gefühle; noch immer hatte er dieselbe Einrichtung und dieselbe Tapete wie früher und, obwohl durchaus in die Jahre gekommen, hatte die Nachbarin darauf verzichtet, seine dunkel gewordene Wirkung auf ihre Besucher aufzuhellen, ebenso wenig wie Küche und Wohnzimmer.

„Was führt dich zu mir Adi?", fragte sie ihn, als er am Küchentisch saß und sich eine Stulle mit Leberwurst strich, „geht es dir mit deinem Studium gut?"

„Ich möchte meine Mutter besuchen, finde sie aber hier nicht. Wo sie ist, hat sie mir nicht mitgeteilt. Wissen Sie dazu mehr?"

„Aber Adi, du brauchst mich doch nicht zu siezen! Nenn mich einfach Linda. Doch um auf deine Frage zurückzukommen: Tatsächlich habe ich Grit seit einer guten Woche nicht mehr gesehen. Das fällt mir jetzt ein, da du es ansprichst, dass du sie nicht findest. Sich zehn Tage nicht zu sehen, wäre für sie und mich nicht ungewöhnlich, das passiert. Aber meistens teilen wir uns vorher mit, wenn wir ein paar Tage auswärtig sind. Dann gießen wir uns gegenseitig die Blumen und leeren die Briefkästen."

„Ihr Briefkasten ist mit Post verstopft – das beunruhigt mich. Denn es sieht so aus, als habe sie sich vollkommen unvorbereitet davongemacht und sei verschwunden ..."

„Ist denn Lilly da? Hast du etwas von ihr gehört? Ich weiß, dass Lilly besorgniserregend viel hinter dem Bildschirm ihres Computers steckt. Davon hat mir deine Mutter erzählt."

„Wenn sie sich in der Wohnung befindet, hat sie mir nicht aufgemacht. Das würde mich nicht erstaunen – so ist sie zu mir. Doch ich habe von ihr eine SMS erhalten, die mir mitgeteilt hat, dass unser Vater lebt und ich ihn treffen könne. Daraufhin habe ich mich von meinem Studienort weit weg von hier auf den Weg gemacht – mit dem Auto Grits, das sie mir geliehen hat. Doch als ich auf einem Waldparkplatz etwa 50 Kilometer von hier eintraf, um meinen Vater zu sehen, wie Lilly mir in Aussicht stellte, traf ich weder sie noch ihn. Ich sei zu spät gewesen, hat sie mir dann mitgeteilt."

„Das ist ja aufregend, was du da erzählst", äußerte Linda, „willst du ein Glas Bier?"

Adrian nickte und hielt ihr sein Glas hin. Inzwischen war es dunkel geworden und das gelbe Licht der Küchenlampe füllte den Raum.

„Es geht noch weiter", sagte er, „als ich zum Auto auf den Parkplatz zurückkehrte, waren die Hinterreifen zerstochen, so dass ich gerade mal in das nahe Dorf fahren konnte, um es dort abzustellen. Mit Bus und Bahn bin ich dann hierhergekommen, um Grit aufzusuchen und mich mit ihr über Kai, unseren Vater, auszutauschen, der angeblich lebt …"

Als er das sagte, waren er und Linda gerührt. Sie wischte sich Tränen aus den Augen und Adi verstummte für ein paar Minuten.

„Und jetzt?" fragte Linda, „was wirst du jetzt unternehmen?"

„Ich bin ratlos", antwortete er, „und hoffte, von dir etwas über sie zu erfahren …"

„… es tut mir leid, nicht helfen zu können", gab sie zurück, „gern hätte ich dir gesagt, wo deine Mutter ist. Doch ich weiß von nichts. Wo übernachtest du?"

„Dummerweise habe ich unseren Wohnungsschlüssel in meiner Studentenbude vergessen", äußerte er, „selbstverständlich dachte ich, Grit hier anzutreffen. Deshalb hielt ich es nicht für so schlimm, den Wohnungsschlüssel nicht bei mir zu haben."

„Ich gebe dir meinen Schlüssel zu eurer Wohnung, möchte ihn aber wiederhaben", sagte Linda und stand auf, um den Schlüssel aus einer Schublade im Flur zu holen, „hier ist er."

Adrian nahm den Schlüssel erleichtert entgegen und dankte ihr; er trank ein weiteres Glas Bier aus, das sie ihm eingeschenkt hatte, dann ging er.

„Für deine Hilfsbereitschaft danke ich dir ganz herzlich", verabschiedete Adi sich, „ich bringe dir den Schlüssel morgen Vormittag wieder zurück oder werfe ihn in deinen Briefkasten."

„Keine Ursache - das ist in Ordnung", gab sie zurück, „alles Gute wünsche ich dir. Wenn ich von deiner Mutter höre, melde ich mich bei dir. Gibst du mir dafür deine Handynummer?"

Das tat er, bat auch um ihre Handynummer und dankte ihr nochmals für ihre Unterstützung. Dann verließ er die Nachbarin, wartete, bis sie ihre Wohnungstür zugedrückt hatte, und schloss die Wohnung seiner Mutter auf.

Ihn empfing große Dunkelheit. Alle Zimmertüren waren zu. Adrian sah in jedes Zimmer: Grit und Lilly waren nicht da. Völlig erschöpft warf er sich auf das lange Sofa im Wohnzimmer und war nach kurzer Zeit eingeschlafen.

## STIEFMUTTER

Knapp absolvierte Lilly ihr Abitur, dessen Notendurchschnitt sich von dem Adrians wesentlich unterschied. Mit diesem Abiturergebnis wäre Studieren für Lilly schwer geworden. Doch dafür interessierte sie sich nicht. Jetzt erst recht war ihr Thema das Internet. Dort organisierte sie Werbestrecken für Bademoden, Damenwäsche, Zahnpflegeprodukte und Gartengeräte, um Geld zu verdienen. Sie selbst trat dabei nicht in Erscheinung; zu wenig telegen war ihr Äußeres, das sie wegen ihres übermäßigen Internetkonsums stark vernachlässigt hatte. Ihrer Tätigkeit tat dies keinen Abbruch. Das Geschäft lief gut; immerhin verdiente sie eigenes Geld, das ihren Lebensunterhalt etwa zur Hälfte bestritt. Berge fettiger Schnellgerichte und billiger Süßigkeiten, nahm sie inzwischen zu sich. So ging sie – bisher mager - in die Breite und war übersät mit Ausschlägen und Pickeln. Bewegung außer Haus und frische Luft waren Fremdworte für Lilly. Aber in den virtuellen Räumen lernte sie viel: Je mehr sie sich mit den Vorteilen des Internets vertraut machte, desto besser verstand sie sich darauf, auch dessen Abgründe für sich zu nutzen; das galt vor allem für die sozialen Medien. Mit verschiedenen Avataren für ihre meistens falschen Identitäten wusste sie sich anzubieten, einzuschmeicheln und zu inszenieren, andere auszuhorchen, zu beschädigen oder zu mobben und nicht zuletzt zu verschwinden und sich in der Flut unendlicher *posts* oder *tweets* zu verstecken; das war schon schlimm. Aber noch viel schlimmer war, dass sie sich mit Wirklichkeit belog, die *hyper*, aber nicht real war. Als sei es zum Greifen nah, schien alles, was sie im Internet sah - das befriedigte sie, wie sie es aufbrachte oder erregte. Sie bewegte sich mehr mit dem Cursor in *virtual realities* als auf eigenen Füßen in der Wohnung oder draußen. Wohin gehörte sie? Wo war sie zu Hause? Was erwartete sie von den Menschen, die sie umgaben? Gab es außerhalb der *screens* für sie nur Leere und Verzweiflung, so dass das Internet ihr Ein und Alles war?

Mit Kais Tod begann sie dem Internet zu verfallen, das ihr sämtliche Informationen, die sie zu brauchen glaubte, gab und zugleich ihr Leben kompensierte. Ihren Vater wollte sie nicht loslassen, vielmehr wiedererwecken und ihn allein für sich haben. Irgendwo in dieser Flut des ständig Gegenwärtigen, immer Zugänglichen, unabhängig von Raum und Zeit Existierenden müsse es ihn doch noch geben. Der *Papa* war nicht tot – den hatten ihr Adi und ihre Mutter geklaut. Deshalb war nichts mehr von ihm zu sehen. So erklärte sich Lilly das Verschwinden Kais, der, wie sie glaubte, noch immer lebte. Adrian und Grit würden ihr allerdings zu verstehen geben, dass er tot sei, um sie hasserfüllt in den Wahnsinn zu treiben. Denn dass die Mutter und ebenso Adrian sie hassten, das stand für Lilly fest; sie war Papas Kind, das seinen Vater liebte, und glaubte, seine Zuneigung auch ihr gegenüber zu erkennen. Dabei wusste Lilly zunächst nicht, dass Adrian der gemeinsame Sohn ihrer Eltern war, sie hingegen nicht die gemeinsame Tochter, sondern als Ergebnis eines Seitensprungs Kais in die Familie geriet. Diesen Sachverhalt brachten ihre Recherchen im Internet für sie zu Tage. Erst konnte sie es nicht glauben, dass sie Adrians Halbschwester war und mit Grit eine Stiefmutter hatte. Wer war ihre wirkliche Mutter? Wer war sie selbst? Sie war komplett durcheinander und kam mit der Situation nicht klar, die sich ganz plötzlich für sie aufgetan hatte. Warum war ihr das nie gesagt worden? Warum musste sie das im Internet erfahren? Wie sie dem Internet durch ihren ständigen Austausch mit anderen Usern in ähnlichen Situationen entnahm, saß sie als Bastard der Familie stets in der zweiten Reihe und war deshalb immer im Nachteil, während Adrian bevorteilt wurde. Das erfüllte Lilly mit Eifersucht und Wut. Nicht fassen konnte sie, was man ihr antat.

Seither glaubte Lilly, dass Grit sie hasste, da sie ihre Stieftochter war. Doch wurde sie tatsächlich von ihr abgelehnt? Kai den Seitensprung nachzusehen und ihm auf mehrfache Bitte hin auch zu verzeihen, fiel Grit anfangs schwer. Doch schließlich hatte sie sich damit abgefunden. Zur Scheidung bringen wollte sie ihre Ehe nicht; dafür lag ihr zu viel an Kai. Dass seine Affäre ein Kind erwarten ließ, hatte er ihr gestanden. Als er mit dem Baby auf dem Arm dann in ihr Haus eintrat, war sie kurz geschockt, fasste sich aber rasch wieder und schlug vor, das Mädchen *Lilly* zu nennen. Liebevoll nahm sie das Baby auf, das er ihr brachte, als sei es ihre Tochter.

Aber was veranlasste Lilly, Grit zu unterstellen, ihr gegenüber Hassgefühle zu hegen? Ihre Erklärung dafür war die Überzeugung, dass ihre Stiefmutter sie hassen müsse, da sie nur ein Bastard und nicht ihre Tochter war. Denn die Mehrheit der Stiefmütter verhalte sich so, entnahm sie dem Internet. Hassgefühle prägten im Regelfall die Beziehung von Stiefmüttern zu den Kindern, die aus Seitensprüngen ihrer Männer stammten oder die Witwer unerwünscht mit in die Ehe brachten, surfte sie dort. Von daher *durfte* es bei Grit nicht anders sein, als sie zu hassen, um sich an ihrem treulosen Mann zu rächen und an ihr gleich mit.

Für den Umgang mit Grit wurde das Internet zur Basis des Austauschs, seit Adrian sein Studium aufnahm und nicht mehr mit den beiden in der Wohnung war. Wenn sie nicht in ihrem Zimmer vor dem Bildschirm saß, unterhielt sich Lilly mit Grit via Laptop oder per Smartphone, um Fragen zu beantworten, die sie ihr stellte, oder um zu widerlegen, was Grit ihr entgegenhielt oder zum Vorwurf machte; das war kein Verhalten, das Gesprächsbereitschaft erkennen ließ, sondern Misstrauen und Vorbehalte zum Ausdruck brachte. Fragte Grit sie, wie es ihr in der Schule gehe, recherchierte Lilly, ob sie mit ihren 18 Jahren verpflichtet sei, darauf zu antworten. *Keine Verpflichtung* war das Ergebnis ihrer Recherchen. Aufgrund des Datenschutzes gehe Grit das nichts an, war die Antwort, die Lilly ihr dazu gab. Als deshalb Grit drohte, ihr den Strom in ihrem Zimmer abzustellen, konfrontierte Lilly sie nach Recherchen mit der Pflicht zur Fürsorge, die auch für den Anspruch persönlicher Entfaltung und den Besuch der Schule gelte.

Dass sie zunahm und an Magenbeschwerden litt, erklärte sie sich mit den Lebensmitteln aus Billigläden, in denen Grit angeblich einkaufe. Ihr Konsum an Kaubonbons, Junkfood, süßen Limonaden und Schokolade spiele dabei gar keine Rolle. Ursache für vermehrte Pickel und Hautausschläge waren die Sonderangebote für Haarwaschmittel oder Körperseifen, von denen sie Gebrauch machen müsse, da ihr das Geld für Qualitätsprodukte fehlte. Die Schlaflosigkeit, die sie plagte, wurde verursacht durch den Stress, den ihr Grit mit der Schule gemacht habe. Dieser Stress setze sich nun mit ihren Vorwürfen wegen der ausbleibenden Aufnahme eines Studiums fort. Um in ihrem Zimmer nicht gestört zu werden, besorgte sie sich einen Sensor, der ihre Zimmertür verschloss, sobald sich jemand ihrem Zimmer auf zwei Meter näherte. Dieses und fast alles, was sie Grit zum Vorwurf machte, fand sie im Internet.

An manchen Tagen weigerte sie sich, mit jemandem zu sprechen und unterhielt sich nur per Mail und SMS. Fand sie keine Ruhe zum Lernen oder um zu schlafen, weil sie zu viel am Computer gespielt oder sich Horrorvideos angeschaut hatte, lief sie schreiend durch die Wohnung und beklagte, dass niemand mit ihr zu tun haben wolle und selbst ihre *Mutter* sich nicht um sie kümmere. Kein Wunder, dass sie mehr und mehr verwahrlose. Doch, wie sie dem Internet entnehme, sei es kein Einzelfall, dass sie als Bastard dies erleiden müsse. Auch der Verlust oder Entzug des Vaters außerehelich gezeugter Kinder sei vielfach nachgewiesen, was niemand glaube, aber nach ihren Recherchen nicht zu bestreiten sei, da Seitensprünge nur so gesühnt oder verziehen werden könnten. Ein Opfer sei sie - tränenreich und unüberhörbar teilte Lilly diese Botschaft mit - und habe Anspruch auf Entschädigung und Mitgefühl.

Grit wusste weder aus noch ein, wie es ihr gelingen könnte, Lillys Lebenswandel zu *reparieren*. Sie nahm psychologische Beratung in Anspruch, wandte sich an einen

Jugendpsychiater, besuchte eine Fortbildung zu Chancen und Risiken des Internets, konsultierte Lillys Klassenlehrerin und den Schulpsychologen. Doch alle Bemühungen Grits blieben erfolglos. Denn Lilly ließ sich von den Versuchen, sie vom Internet abzubringen, nicht beeindrucken. Ihr Verhältnis zu Grit entspannte sich nicht – im Gegenteil: Lilly verstärkte die Distanz und zog sich weiter von ihr zurück. Das war etwa ein halbes Jahr vor ihrem Abitur. Als Grit wieder und wieder versuchte, sie zurückzugewinnen, ging Lilly eines Tages auf sie los und warf ihr vor, sie damit zu quälen und zu unterdrücken – mit dem Ziel, sie fertigzumachen und auszuschalten. Aber das werde ihr nicht gelingen, schrie Lilly, sie werde sich dagegen wehren und nicht wie Kai alles mit sich machen lassen, um schließlich von der Bildfläche zu verschwinden.

„Nicht nur meinen Vater, auch meine Mutter hast du mir gestohlen", setzte Lilly ihre Anklage brüllend fort, „du bist eine schlimme Hexe, hast Kai erpresst, der meine Mutter mehr geliebt als dich. Das kann ich dir beweisen."

So legte sie Grit Fotos von Kai vor, der eine junge, hübsche Kassiererin seines Baumarkts in den Armen hielt und strahlend lachte.

„Das ist mein Vater. Erkennst du ihn?", fragte Lilly lauernd, „das ist Kai mit meiner Mutter, die eine Schönheit ist und seine große Liebe."

Dieses Foto war eine Montage, die sie mit digitalem Bildmaterial erstellt hatte – es war eine Lüge. Denn die dort abfotografierte, junge Frau hatte sich Lilly aus der Fotoserie eines Modelabels besorgt und in die Schürze mit dem Logo von Kais Baumarkts *gepackt* – ihre Mutter war das nicht. Sie hatte noch weitere Fotos *montiert*, die eine enge Beziehung zwischen Kai und der dort eingebauten Schönheit zu erkennen gaben. Diese *Fotoshow* hielt sie ihrer Stiefmutter vor die Nase.

„Dieses Glück hast du mir gestohlen", fuhr Lilly lautstark fort, „zweimal gestohlen: erst meine Mutter, dann meinen Vater! Schämst du dich nicht? Konntest du nicht von ihm lassen? Du hast ihn unter Druck gesetzt, sich wieder für dich zu entscheiden, obwohl du doch Adrian hattest. Du hast ihn gezwungen, bei dir zu bleiben, obwohl er dich nicht mehr geliebt hat und mit seiner Liebe mich als Kind hatte. Ihr Kind haben die beiden *Lilly* genannt."

„... das ist gelogen", gab Grit zurück, „hast du das aus dem Internet?"

Lilly nickte: „Woher denn sonst?"

„Als namenloses Baby hat dich Kai zu mir gebracht", gab Grit deutlich zurück, „wer dir den Namen *Lilly* gab, das war ich. Das von dir über alles geschätzte Internet befindet sich hier im Irrtum – übrigens nicht zum ersten Mal!"

„Ach ja?", rief Lilly plötzlich, „diesen schrecklichen Namen habe ich von dir? Ich hatte mich schon gewundert, dass meine Eltern mich so nannten. Aber jetzt ist mir klar, wer das verbrochen hat", schrie sie und heulte.

„Die Fotos von Kai", fuhr Grit unbeirrt fort, „stammen aus einer Zeit, als er noch nicht mit mir verheiratet war und auch die Baumarktfiliale noch nicht leitete. Hat sich das Internet auch hier geirrt? Oder sind diese Fotos Patchwork, das du dir erstellt hast? Pass auf, Lilly, dass du mit deinen Recherchen nicht auf dem Holzweg bist."

„Halt dein Maul, du Hexe!", gab Lilly wütend zurück, „der Tag der Abrechnung mit dir, der wird noch kommen", brüllte sie in die Wohnung, verschwand in ihrem Zimmer und verschloss die Tür.

## LILLYS INTERNET

Adrian wachte später als üblich erst gegen neun Uhr auf. Die Nachbarin hatte ihm eine Thermoskanne mit Kaffee und frische Brötchen, Butter, Honig und Marmelade vor die Wohnungstür gestellt; so hatte er ein Frühstück, das er wirklich genoss. Denn in der Küche war außer Kaffeepulver nichts Verzehrbares zu finden, und der Kühlschrank war leer. Schon länger – etwa zehn Tage - war niemand mehr in der Küche und auch nicht in den Zimmern gewesen, vermutete Adrian. Die Wohnung wirkte leicht verwahrlost und war im Wohnzimmer, im Schlafzimmer Grits und in Lillys Zimmer ziemlich unaufgeräumt, als sei sie schnell und unvorbereitet verlassen worden. Adrian wollte schon lüften und die Fenster öffnen, hielt sich aber dann doch zurück, weil er nicht den Eindruck erwecken wollte, dass die Wohnung nun wieder bewohnt sei. Zudem konnte er nicht ausschließen, wieder getrackt zu werden, wenn er sich am offenen Fenster sehen lasse. Noch hatte er keine SMS erhalten, die ihn beschimpfte.

Er schritt durch die unbewohnten Räume, als er fertig gefrühstückt hatte, und betrat als erstes das Zimmer von Grit. Ihr Bett war zerwühlt und nicht gemacht, ein paar Kleidungsstücke lagen verteilt im Zimmer herum und auf dem Schreibtisch breiteten sich recht ungeordnet Rechnungen und verschiedene Schreiben aus. War Grit bei der Bearbeitung ihrer Post und beim Aufräumen ihres Zimmers gestört worden? Denn entgegen dem aktuellen Eindruck, der sich vermittelte, war sie ein auf Ordnung bedachter Mensch. Auch die Schubladen ihres Schreibtischs und die Schranktüren standen auf. Der Rollkoffer, der seinen Platz auf dem Schrank hatte, war weg. Hatte sie in aller Eile gepackt und war, wohin auch immer aufgebrochen, weil man sie dazu zwang? Dafür sprach, dass ihr Schlafanzug nicht im Bett zu sehen war, das Waschzeug im Badezimmer fehlte, worüber er sich am Abend vorher bereits gewundert hatte, und einige warme Kleidungsstücke wie auch Unterwäsche offenbar aus dem Schrank herausgerissen waren; sonst würde das, was dort verblieb, nicht so merkwürdig heraushängen. Adrian befiel plötzlich große Sorge über das, was da vielleicht geschehen war. In einem der offenen Schreibtischschubladen sah er schließlich eine Art Tagebuch, das er ergriff und aufschlug. Dort fand er kurze Notizen Grits zu ihren Streitereien mit Lilly. Die andauernden Konflikte, die er dem Tagebuch entnahm, mussten sie sehr belastet haben. Die Situation erschien ausweglos und wurde nicht besser allen ihren vielen Bemühungen zum Trotz. Als Adi schließlich von Lillys Rachegedanken las, beschloss er, umgehend in ihr Zimmer zu gehen, um Aufschluss darüber zu gewinnen

Er ging in Lillys Zimmer, das abgedunkelt wie immer war, und blickte in ein Chaos, das die Unordnung im

Zimmer der Mutter weit übertraf. Auf dem Boden verstreut, fanden sich Vertragsformulare mit Firmen, die zu Lillys Auftraggebern gehörten und kaum verständliche Geschäftsaktivitäten zu erkennen gaben; aber sie brachten ihr offenbar Geld. Manche Verträge waren unterschrieben, andere nicht, die entweder abgelehnt oder noch gar nicht von ihr zur Kenntnis genommen worden waren. An anderer Stelle befanden sich in dem Zimmer Bilder- und Fotoausschnitte aus Zeitschriften und Zeitungen aller Art – auch pornographisches Material war dabei. Ging es dabei um Materialien, die Lilly zur Erpressung von Personen innerhalb ihrer Jobs benötigte? Oder welche anderen Gründe gab es dafür? Adi wusste nicht, was er davon halten sollte, hatte aber auch keine andere Idee und konnte sich deshalb nur über Lilly wundern. Auf den Stühlen, dem Schreibtisch und ihrem Nachttisch standen leere Limonadenflaschen, halbvolle Wasserkaraffen, mehrfach genutzte Gläser und abgegessene Teller. Schmutzige Wäsche und lange nicht mehr gereinigte Kleidungsstücke türmten sich in einem Schrank, dessen Türen offenstanden. Miefige Luft stand in dem Zimmer.

Schließlich setzte sich Adrian an ihren Computer. Rechts von der Tastatur lag - beschwert von einem Spielzeugauto - der Fahrzeugbrief für einen Mini Cooper. War das ein Geschenk? Und wenn ja, von wem? Oder hatte sie sich den Wagen mit Geld gekauft, das sie mit Aktivitäten im Internet verdient, möglicherweise sogar erschwindelt hatte? Adrian war das ein Rätsel; denn Mini Cooper gelten nicht als billige Autos. Aber vielleicht hatte Lilly den Mini gebraucht gekauft und dafür Schulden gemacht. Er schaltete ihren Computer an. Ein Foto seiner Mutter poppte auf.

„Du machst dich strafbar, Adrian", sagte sie streng, als klage sie ihn wegen eines schweren Verbrechens an, „du bist in unsere Wohnung eingebrochen und schnüffelst nun Lillys und meinem Zimmer herum, um uns zu bestehlen. Ich werde die Polizei alarmieren. Was anderes bleibt mir nicht übrig."

„"Mutter!", rief Adrian, „was soll das? Wo bist du? Ich suche dich, aber das weißt du ja."

„Du suchst mich, Adrian?", fragte sie überrascht, „davon weiß ich nichts. Du lügst, wenn du so etwas sagst, um mir mein Geld zu stehlen …"

„Das ist doch Unsinn", rief Adi verzweifelt, „deine Wohnung steht schon eine Weile lang leer – so jedenfalls sieht es hier aus. Lilly ist weg, mit der du so viele Sorgen hast. Ich helfe dir gern – versprochen! Sag mir, wo du bist."

„Wenn du der Polizei entkommen willst, musst du dich jetzt beeilen", gab die Stimme Grits mit ihrem Foto zurück, „meine Geduld ist am Ende."

Sie verließ den Bildschirm, der ins *Blau* wechselte. Soll die Polizei nur kommen, sagte sich Adrian, der habe ich was zu berichten, und öffnete mit dem Cursor den Ordner von Lillys Dateien.

Was er dort entdeckte, erstaunte ihn: Etwa fünfzig Dossiers waren als Unterordner in ihren Ordner eingestellt und mit Namen von Personen versehen, mit denen sich Lilly unterhalten hatte. Dabei handelte es sich um Mitschnitte der Gespräche, die sie auf diese Weise dokumentierte und zugleich mit Kommentaren versah. Besonders ausführlich war das Dossier, das sie über Grit angelegt hatte. Als Adrian begann, die Audiofiles abzuhören, erfuhr er von Lillys Herkunft und dass sie seine Halbschwester war. Da wurde ihm klar, was der Tod Kais, der für beide ein schwerer Schicksalsschlag war, bei Lilly ausgelöst hatte und sie nicht an seinen tödlichen Unfall glauben ließ. Vielmehr sah sie Grit, die ihre Stiefmutter war, dafür verantwortlich, ihren Vater verschwinden gelassen zu haben, ohne dass er dem Unfall tatsächlich erlegen sei. Sie sitze mit Kai zusammen und trinke Whiskey, hatte sie ihm, Adrian, mit einer SMS geschrieben, ob er nicht dabei sein wolle, der Vater lebe. Sollte diese Botschaft entgegen seiner Vermutung etwa doch wahr gewesen sein, diese Einladung, der er tief in der Nacht über Stunden mit Grits Auto in den Wald gefolgt war. Aber er komme zu spät, hatte sie ihm dann mitgeteilt; er konnte sich nicht davon überzeugen, dass ihre Mitteilung zutraf? Die lange Autofahrt zu unternehmen und Lillys Einladung zu folgen, lag für ihn vor allem darin begründet, Lilly, die als verloren galt, wieder in die Familie, wieder zu Grit zurückzubringen. An eine Begegnung mit dem Vater hatte er nicht geglaubt. Wer ihm am Waldrand schließlich die Reifen zerstochen hatte, war ihm ein Rätsel. Doch nach Einsicht in Lillys Dossier über Grit erkannte er den Sprengstoff ihres Hasses und ihrer Verzweiflung und ängstigte sich um Grit wie auch um sich: Was hatte Lilly vor, die eine Wut auf ihre Stiefmutter trieb, die an den Haaren herbeigezogen erschien? Was beabsichtigte sie, ihm anzutun, der ihre Internetmanie nie verstanden, aber sie deshalb doch nicht verstoßen hatte und in keinen Zusammenhang mit dem Unfall Kais zu bringen war? Viel *fake* habe ihn erreicht, um ihn zu piesacken oder an der Nase herumzuführen, das vermutete er. Doch inzwischen wurde er aus dem Internet heraus angegriffen, beschimpft, terrorisiert, verunsichert – das war schon etwas Ernstes!

Es klingelte an der Wohnungstür. Adrian hört Lindas Stimme.

„Bist du noch da, Adi? Die Polizei steht vor eurer Wohnungstür."

Er erschrak. Trat jetzt ein, was Grit oder, genau genommen, die Stimme Grits mit dem Foto von ihr, ihm über Lillys Computer prognostiziert hatte: Festnahme wegen Einbruch? Hätte er das nicht für *fake*, sondern ernst nehmen sollen?

Er wollte nicht kneifen; das lag ihm nicht. Deshalb öffnete er mit Schwung die Tür und gab sich beherzt.

„Guten Morgen! Um was geht es, meine Herren? Kann ich Ihnen behilflich sein?"

„Ja, das können Sie. Wohnt hier eine Frau mit dem Nachnamen … und dann nannte er den Nachnamen Grits?"

„Ja, das ist meine Mutter", gab Adrian zur Antwort, „sie wohnt hier, ist aber aktuell nicht da."

„Hat Ihre Mutter ein Auto?", fragte einer der Polizeibeamten.

„Sie hat ein Auto, das sie mir geliehen hat, um sie zu besuchen", erwiderte er.

„Dieses Auto haben wir etwa fünfzig Kilometer von hier mit zwei zerstochenen Reifen vor einem Dorf gefunden", sagte der andere Polizeibeamte, „vermissen Sie dieses Auto? Ist es Ihnen gestohlen worden?"

„Dieser Sachverhalt ist mir bekannt", gestand Adrian mit seinem jungenhaften Charme, „ich war gerade im Aufbruch, um mich um den Wagen zu kümmern. Sie sind mir zuvorgekommen", er lächelte, „vielleicht können Sie mir behilflich sein?"

„Ist denn Ihre Mutter da?", hakte der erste Polizeibeamte nach, überging Adrians Frage und sah sich im Flur der Wohnung um.

„Am Augenblick ist sie unterwegs, wird aber bald wiederkommen", versprach Adi, „soll ich ihr etwas ausrichten?"

„Wir vertrauen Ihnen, was das Auto betrifft, möchten Sie aber darüber unterrichten, dass Sie einen defekten Wagen nicht im Halteverbot vor einer Dorfeinfahrt abstellen dürfen. Für Ihre Mutter bedeutet das eine saftige Strafe; denn sie ist die Halterin des Wagens und verantwortet alles, was mit ihm geschieht. Das würden wir ihr gern nochmals persönlich erklären, damit es bei diesem Verstoß gegen die Straßenverkehrsordnung nicht zu Missverständnissen kommt."

„Ich sage meiner Mutter Bescheid", sagte Adrian beflissen, „so bald wie möglich wird sie sich bei Ihnen melden."

Dann sah er erleichtert, dass die beiden Beamten nickten und die Treppe hinunterstiegen, und verabschiedete sich von ihnen.

„Das ist ja gut gegangen", äußerte Linda mit einem verschmitzten Lächeln, „aber es lagen auch keine Probleme vor. Von daher ist alles im grünen Bereich."

Er stimmte ihr zu, gab ihr das leere Frühstücksgeschirr zurück und fragte sie, ob er den Schlüssel eine weitere Nacht behalten könne, sei er doch jetzt mit der Reparatur des Wagens befasst, die dauern könne."

„Du kannst wieder bei mir abendessen", lud Linda ihn ein, „wenn ich dir nicht zu langweilig bin."

„Aber nein", sprach Adrian, „ich unterhalte mich gern mit dir, zumal die Wohnung so verlassen ist. Ich bin dir sehr dankbar dafür."

Sie winkte ihm, und er machte sich auf den Weg zum Auto, das zu reparieren war. Adrian hoffte, in dem Dorf eine Tankstelle oder eine Werkstatt zu finden.

## TIGER TALL

Was ist Adrian für ein dummer, großer Bruder, der gar nicht wisse, was in der Welt abgehe, sagte sich Lilly oft, eigentlich ein kleiner Junge, der stets der Schnellste sein möchte und immer das Sagen haben wolle. Wenn er sich an was Großes mache wie an sein Studium, um dann ganz groß zu werden, ergänzte Lilly, werde er zwar groß, bleibe allerdings ein Junge – das sei doch typisch Mann. Doch was sie besser machte als er, das wollte sie von sich wissen:

Nach dem Abitur, das sie mit viel Mühe bestanden hatte, sei sie noch mehr zu Grit auf Distanz gegangen als zuvor. Obwohl sie auf engem Raum gemeinsam wohnten, hatten die beiden kaum mehr zusammengelebt; das sei im Wesentlichen von ihr ausgegangen, die immer dann ihr Zimmer verlassen habe, sobald Grit außer Haus war oder schlief. Wenn sie schon auf diese Wohnung angewiesen war und sich in Abhängigkeit befand, habe sie zumindest das Gefühl haben wollen, ihr Leben selbstbestimmt zu verbringen und auf eigenen Füssen in ihrer Welt zu stehen. Adrians Versuch, mit Grit auf Distanz Kontakt zu halten, fand bei ihr nur Verachtung.

Denn Adi sei nicht in der Lage, sein Zuhause loszulassen, schien seine Mutter unbedingt zu brauchen, erweise sich stets als braver Junge, der sich ins Auto setze, eine lange Fahrt herunterreiße und sich verwöhnen lasse, um im

Gegenzug seiner Mutter wie und wo auch immer zur Seite zu stehen. Zugleich liege Grit nur an ihm, weil er viele hundert Kilometer von ihr entfernt lebe und deshalb umworben, verwöhnt und nicht zuletzt geherzt werden müsse, um sie, seine Mutter, zu spüren. Und was sei mit ihr, mit Lilly, die der lebendige Beweis eines Ehebruchs sei, und Grit so auf den zweiten Platz der Zuneigung Kais verwiesen und ihr Tag für Tag ohne Umschweife zu erkennen gegeben habe, wem Kais Liebe vorrangig galt? Abneigung, Hass und Verachtung haben sie als Tochter einer Stiefmutter getroffen, aber im Gegenzug ihre Selbstständigkeit und Unabhängigkeit befördert. Ja, sie sei so erwachsen geworden und sollte im Grunde Grit dankbar sein. Doch das wäre ein völlig falsches Signal gewesen, redete Lilly sich ein, einen Dank an diejenige zu richten, die doch gar nicht anders könne, als sie, ihren Bastard, zu hassen, zu hassen und nochmals zu hassen.

Den Plan, ihrer Stiefmutter Schuld und Versagen heimzuzahlen, habe sie längst gefasst. Zurückholen werde sie sich, was ihr vorenthalten oder entzogen worden sei. Ja, sie habe etwas vor, um zu beweisen, dass sie niemand sei, mit dem *gespielt* werden könne. Nicht zuletzt sei sie dies Kai schuldig, der lange von Grit kujoniert und zuletzt von ihr *entfernt* worden war, was er nicht verdiente. Sie werde ihre Erfahrungen mit dem Internet und der IT zum Einsatz bringen, Adrian und Grit in den Wahnsinn treiben: Zuerst sie, dann ihn – so ihr Ziel. Mit *fake* oder falschen Behauptungen und Anschuldigungen werde sie ihnen das Selbstvertrauen nehmen und an sich zweifeln lassen, sicheres Wissen mit *alternativen Fakten* hinterfragen oder zu widerlegen versuchen. Den beiden werde sie ihre Überlegenheit zeigen und – daran gab es für Lilly gar keinen Zweifel – sie auf jeden Fall besiegen.

Aber was sie selbstbewusst als Ergebnis ihres Vorgehens gegen Grit und Adrian verfolgte, schien plötzlich nicht mehr von Bedeutung für sie zu sein. Sie dachte, sie sei schon in den Startlöchern auf dem Siegeszug über die beiden, von denen sie fest glaubte, gehasst zu werden. Doch der smarte Tiger Tall stellte ihr Leben auf den Kopf, als sie ihn ein halbes Jahr nach dem Abitur unversehens im Internet traf. Nicht dass Lilly Adrian und Grit die Herabsetzung ihrer Person verziehen hatte, die sie ihnen wieder und wieder unterstellte, aber mit Tiger Tall war das allem Anschein nach belanglos geworden. Denn sie hatte sich offenbar in Tiger Tall verliebt. Was für ein Kerl war Tiger Tall, der Lilly so zu imponieren vermochte und ein Vorbild für sie war? Er steckte meistens in schmuddeligen Klamotten und wirkte *cool* verwahrlost. Ihm war, so der Eindruck, zum Essen nichts zu schlecht, wie ihm keine Schweinerei zu sehr versaut war. Jeder mochte ihn für einen *nerd* halten, der den dreckigen Gegensatz zu der auf Hochglanz polierten Traumwelt des Internets repräsentierte; denn er konsumierte das Internet nicht wie die meisten, sondern verdiente damit oft schmutziges Geld. Tiger Tall machte im Internet nicht sensationell viel Geld, aber auf jeden Fall mehr als die meisten anderen, die sich darum bemühten. Dennoch stank er nach Geld; das war keine Überraschung. Denn Tiger Tall verstand bestens: Wer mehr Geld verdienen wolle als alle anderen, müsse bereit sein, sich die Hände schmutzig zu machen – anders funktioniere das nicht. Er entfaltete so seine Freiheit, die ihm das Internet bot, und war aufgrund dessen für Lilly vorbildhaft, obwohl er im Internet häufig betrog. Für seine Kunden waren die Geschäfte mit ihm oft von großem Nachteil. Meistens ging es um Missbrauch oder den Diebstahl von Daten, die für sie von besonderer Wichtigkeit waren. Die Möglichkeiten *Künstlicher Intelligenz* wurden zudem reichlich ausgeschöpft.

Lilly bewunderte die Erfolge von Tiger Tall im Netz und war begeistert, wie hemmungslos er seine Freiheit lebte, obwohl er äußerst fragwürdig Geld mit ihr verdiente. Mit einer Bewerbung in seinem *business* kam sie mit ihm in Kontakt und war trotz des schäbigen, *coolen* Outfits, das sein Markenzeichen war, umgehend in ihn verliebt. Das gefiel Tiger Tall und er stellte sie bei sich ein. Ihre Arbeitsleistung enttäuschte nicht. Lilly strengte sich ungewöhnlich an und erwies sich als ausgesprochen tüchtig. Doch ihren innigen Wunsch, mit ihm außerhalb des Internets in Kontakt zu treten, den versagte er ihr. Auch auf die Frage, wo er lebe, gab er ihr keine Antwort.

War Tiger Tall in Asien, USA oder Europa *based* – wie es hieß? Was machte dieser schrille Typ, wenn er sich nicht im Netz befand? Oder war er dort immer, was sein *nerdlike* Outfit erklärte? Von seinen skrupellosen Geschäftsmethoden fühlte sich Lilly angezogen – so war sie, die neue Welt, da konnte sie nur lernen, was sie auch tat. Aber konnte er ihr nicht auch *un-virtual* begegnen? Warum besuchten sie sich nicht? Selbst eine weite Reise zu ihm hätte Lilly wahrscheinlich unternommen, wenn Tiger Tall ihr seine Wohnadresse mitgeteilt hätte. Und wenn er sie wirklich treffen wollte, hätte er ihr den Flug womöglich bezahlt. Die Hals über Kopf verliebte Lilly ließ deshalb nicht davon ab, intensiv zu recherchieren, wo Tiger Tall *based* sein könnte und wie er seine *performance* mit 24 x 7 möglich machte. Aber eine Wohnadresse gab es allem Anschein nach nicht und deshalb auch keine Reise.

Viele Wochen blieb sie erfolglos und fand nichts, bis ihr plötzlich auffiel, dass Tiger Tall sie auch abends mit *Guten Morgen, liebe Lilly* begrüßte; sie hatte ihn in einer Notsituation kontaktiert - üblicherweise telefonierten sie vormittags. Warum sagte er abends um acht *Guten Morgen, liebe Lilly,* fragte sie sich nach Abschluss des Gesprächs. War das eine Voreinstellung, die auf Knopfdruck funktionierte? Nahm er persönlich an diesem *call* überhaupt teil? Warum war sie gezwungen worden, ihre Fragestellung drei Stunden vor dem *call* in ein Formblatt einzutragen, um sich mit ihm zu besprechen? Lilly war verwirrt und nahm sich vor, dieses Szenario zu wiederholen und drang ungeduldig auf die Möglichkeit, sich ein weiteres Mal abends mit ihm zu treffen.

*Guten Morgen, liebe Lilly,* sagte er ihr wieder. Sie beendete diesen *call* sofort und startete umgehend einen neuen. Wie zuvor äußerte er *Guten Morgen, liebe Lilly.* Jetzt wurde ihr klar, dass dies maschinell war. Wie Schuppen fiel ihr von den Augen, dass Tiger Tall nicht existierte, sondern *AI-based, ein KI-Geschöpf, ein Avatar, ein Trugbild des Internets* war. Entsetzt, mehr noch enttäuscht von sich war sie, dies erst nach so langer Zeit bemerkt zu haben. Ob sie ihm jetzt kündigen solle, war ihre Frage in voller Wut auf ihn. Aber das könnte sich als schwerer Fehler erweisen. Denn sie sah für sich keine andere Möglichkeit, so viel zu verdienen wie bei ihm. Zugleich führte sie sich vor Augen, dass sie über *Künstliche Intelligenz* viel von ihm lernen könne. Wie er mit ihr umgegangen sei, so könnte sie ihre Stiefmutter oder auch Adrian strapazieren – das war interessant und nicht zuletzt äußerst wirkungsvoll.

„Guten Morgen, liebe Lilly", sprach er wie immer beim Tagesmeeting am nächsten Vormittag, „dein Problem habe ich gestern Abend nicht verstanden. Was wolltest du mir sagen?"

„… hat sich erledigt", antwortete Lilly schnippisch, „alles wieder im grünen Bereich. Folgende Frage habe ich allerdings: Habe ich blaue oder braune Augen?"

Da stutzte Tiger Tall ein paar Minuten, bevor er ihr eine Antwort gab.

„Wenn du eine Sonnenbrille trägst, kann ich das nicht erkennen."

„Ich trage keine Sonnenbrille", erwiderte sie, „siehst du das nicht?"

„Wenn du eine Sonnenbrille trägst, kann ich das nicht erkennen", sagte er wieder.

„OK, Tiger Tall", räumte sie allem Anschein nach ein, „ich nehme die Sonnenbrille ab. Erkennst du die Farbe meiner Augen jetzt?"

„Wenn du eine Sonnenbrille trägst, kann ich das nicht erkennen", wiederholte er und, als sie nichts sagte, gleich wieder, „wenn du eine Sonnenbrille trägst, kann ich das nicht erkennen."

Mit *attention: false channel – wrong system connected* brach der *call* ab, bevor die Tonspur sich ein weiteres Mal wiederholte. Nun wusste Lilly definitiv, dass Tiger Tall *AI based* war. Aber wer steckte dahinter? Das fand sie trotz vieler Recherchen nicht heraus; sie war bitter enttäuscht. Denn sie hatte mit Tiger Tall nicht nur allerhand Geld verdient, sondern ihn sehr bewundert und sich in ihn verliebt. Doch er erwies sich als Avatar. Da sie dies über lange Zeit nicht bemerkt hatte, mischte sich ihre Enttäuschung zunehmend mit Wut, da ihre Gefühle so rücksichtslos ausgenutzt worden waren und mit ihr ohne Hemmung gespielt worden war.

## TERROR

Dass sie eine Stiefmutter sei, die Lilly nur hassen konnte und es deshalb auch tue, belastete Grit schwer. Lilly hatte sie dazu verurteilt, ohne dass sie sich dagegen wehren konnte. So hatte sie es nach Kais Treuebruch auch erlebt – nun zum zweiten Mal mit Lilly. Was wird mich beim dritten Mal treffen, fragte sie sich, ist das Lillys schräger Sieg mit Hilfe des Internets? Aber die *Ruhepause*, die sich aus Lillys Bemühen um Tiger Tall ergab, brachte Grit zu der Deutung, dass Lillys Wut sich gelegt habe und sie – wie vor der Phase dauernden Hasses – wieder zur Ruhe gekommen sei. Denn von Lillys Liebe zu Tiger Tall wusste Grit nichts. Um so härter trafen sie die Angriffe aus dem Internet, die plötzlich wieder mit voller Wucht auf sie niedergingen.

Zwei Wochen lang erhielt sie um Mitternacht SMS mit Botschaften wie dieser: *Das tut mir leid, Hexe, offenbar habe ich Dich geweckt. Ich dachte, Du sitzt auf deinem Besen und reitest aus, wie es die übelsten Schlampen machen* oder *Nie erreiche ich Dich. Deshalb versuche ich es um Mitternacht. Wenn ich Dich jetzt wecke, hast Du das verdient, Du dumme Kuh* oder *So eine unsympathische Kollegin wie Dich habe ich noch nie gehabt. Ständig werde ich von Dir angeschwärzt. Na warte, wenn ich Dich mal allein erwische, poliere ich Dir das Maul* aber auch *Deinen Adi haben böse Buben verprügelt. Eine schlechte Mutter bist Du, hast nicht auf ihn aufgepasst. Jetzt liegt er mit blutiger Nase da und schreit nach seiner*

*Mama.* Nicht fehlen durfte *Warum behandelst Du Lilly so schäbig? Warum hast Du für sie nichts anderes übrig als Hass? Du solltest dich schämen, so eine schlechte Stiefmutter zu sein. Bald wirst Du nicht mehr verstehen, was Dir geschieht. Bald wird Dir Hören und Sehen vergehen.*

Sie rätselte, wer die nächtlichen SMS an sie versandte, die sie aufgrund des Benachrichtigungstons, den sie nicht abzuschalten wusste, jedes Mal aus dem Schlaf rissen. Wen sah der Versender dieser Mitteilungen in ihr; das konnte sie sich nicht erklären. Erst als es zu den Mitteilungen kam, in denen es um Lilly und Adrian ging, vermutete sie, dass diese SMS von Lilly an sie geschickt worden waren. Aber alle anderen konnte sie sich nicht erklären. Warum sollte Lilly sie als Hexe, Schlampe oder schlechte Kollegin bezeichnen? Alles Grübeln half ihr nicht. Schließlich hatte sie nur den Wunsch, dass, wer auch immer es war, diesen Terror beendete, der sie kaum noch schlafen ließ. Es kam zu drei Wochen Pause. Dann startete eine andere *fake* Attacke mit Telefonaten.

Gegen sieben Uhr abends kurz vor dem Abendessen klingelte bei Grit das Handy; sie nahm das Gespräch an.

„Stör' ich gerade?", fragte eine Männerstimme, die ihr unbekannt war.

„Ich bin gerade beim Abendessen …"

„… kein Problem! Ich brauche nicht lange", setzte die Stimme fort, „hat Ihnen schon jemand mitgeteilt, dass Sie eine schlechte Mutter sind? Ihrem Sohn geht es hundsmiserabel. Das wissen Sie, aber Sie reagieren nicht. Ihr Sohn meldet sich bei Ihnen um Mitternacht, aber sie schlafen fest und lassen ihn hängen. Ist Ihnen klar, was da passiert?", rief die Stimme erregt, „antworten Sie endlich auf meine Frage!"

„Mein Sohn hat nicht um Mitternacht bei mir angerufen. Das ist eine Verwechselung. Melden Sie den Vorfall der Polizei, aber lassen Sie mich damit in Ruhe", sie legte auf.

Keine fünf Minuten vergingen, ihr Handy klingelte wieder; sie nahm erneut ab.

„Sie sind eine schlechte Mutter. Hat Ihnen das schon jemand mitgeteilt? Ihrem Sohn geht es hundsmiserabel. Das wissen Sie, aber Sie reagieren nicht …

„… lassen Sie mich in Ruhe. Ich bin beim Abendessen", rief sie empört, „schon vergessen? Wenden Sie sich an die Polizei …"

„Ihr Sohn ist schwer verletzt, aber Sie lassen ihn hängen. Ist Ihnen klar, was da passiert?"

„Sie stören beim Abendessen", schrie sie, „lassen Sie mich in Ruhe! Meinem Sohn geht es gut. Gerade haben wir telefoniert."

„Sie lügen", brüllte er. Doch da hatte sie schon aufgelegt.

Zehn Minuten später meldete sich ihr Handy wieder, aber sie ließ es klingeln und ging nicht dran. Dass es Adi schlecht ging und er schwer verletzt war, traf nicht zu. Offenbar sollte sie das beunruhigen, wenn es nicht eine Verwechslung war. Dass Adrian nichts zugestoßen war, davon hatte sie sich aufgrund eines Telefonats mit ihm überzeugt: Es ging ihm gut – er bot keinen Grund zur Sorge.

Eine Woche später erreichte sie ein Telefonat auf ihrem Weg zur Arbeit im Linienbus, den sie täglich nutzte und der meistens recht voll war.

„Ich bin es wieder", sagte die Männerstimme, „drehen Sie sich nicht um. Ich sitze ein paar Sitzreihen hinter Ihnen. Sollten Sie sich doch umdrehen, um nach mir zu sehen, ziehe ich die Notbremse und werde dadurch große Verwirrung und Verspätung verursachen, die allein Sie verantworten."

Sie legte auf, zumal sie ihn schlecht verstand bei dem Lärm, der im Bus herrschte. Doch ihr Handy klingelte erneut.

„Ich bin es wieder. So werden Sie mich nicht los", erklärte die Männerstimme, „ich sitze ein paar Sitzreihen hinter Ihnen. Wenn Sie jetzt wieder auflegen, ziehe ich die Notbremse, und das wird zu großer Verwirrung und zu Verspätung führen, die allein Sie verantworten."

„Sagen Sie mir, was Sie mir mitteilen wollen", sagte sie genervt, „aber sprechen Sie bitte deutlich und kurz. Anders kann ich Sie nicht verstehen."

„Ihr Mann lebt", verlautbarte die Stimme, „er ist nicht tödlich verunglückt. Ist Ihnen das bekannt?"

„So ein Unsinn", gab sie zurück, „ich habe ihn zu Grabe getragen und beerdigt. Was setzen Sie da in die Welt?"

„Ihr Mann lebt", sagte die Stimme wieder, „er ist nicht tödlich verunglückt ..."

„Hören Sie auf! Was wissen Sie schon über meinen Mann?", unterbrach sie ihn und war dabei aufzulegen, als sie die Stimme wieder vernahm.

„Ihr Mann lebt ...", da legte sie auf, drehte sich um. Der Bus hielt nicht an, bis sie an der nächsten Bushaltestelle ausstieg. Wer war das, der sie mit diesen Telefonaten terrorisierte, und warum wiederholte die Stimme meistens wortgetreu wieder und wieder einzelne Sätze; das war schon beim letzten Mal so und hörte sich an, als spreche eine Maschine. Was es damit auf sich habe, fragte sich Grit.

Nach vier Wochen kam es wieder zu einem Anruf bei ihr; dieses Mal allerdings von Lilly. Gegen 22:00 Uhr rief sie Grit auf ihrem Handy an, die Lilly an ihrem Klingelton erkannte.

„Mama, ich werde von zwei jungen Männern bedroht", sagte sie mit zuckersüß leidender Stimme, „komm bitte schnell zum Rathausplatz – da bin ich und habe Angst vor den beiden, die irgendwas von mir wollen."

„Ich bin gleich da", antwortete Grit eilig, „lass dich nicht verrückt machen! Mit den beiden werden wir schon fertig", versuchte sie Lilly zu beruhigen. In gewisser Weise war sie froh, ihr helfen zu können. Denn so hatte sie die Hoffnung, Lilly wieder für sich zu gewinnen.

Sie rannte zur Straßenbahnhaltestelle und sprang auf den letzten Drücker in die Tram, die sie zum Rathaus brachte. Als sie dort ausstieg, glaubte sie, Lilly um Hilfe rufen zu hören.

„Ich bin da, Lilly", rief sie über den Platz.

Da sah sie, Lilly ihr zuwinken, und ging in diese Richtung. Als sie fast vor ihr stand, rief Lilly zwei jungen Männern aufgeregt zu: „Da ist sie, meine Stiefmutter, packt sie und nehmt sie mit zu meinem Mini Cooper, der im Parkhaus 'Rathausgarage' steht! Dann fahren wir aufs Land zu unserem Bauernhof – verstanden?"

Die beiden nickten, rannten auf Grit zu, um sie an den Armen festzuhalten, und brachten sie ins Parkhaus, wo der Mini Cooper stand. Als Lilly am Steuer des Wagens saß, starteten sie ihre Fahrt. Hinter ihr auf dem Rücksitz saß mit verbundenen Augen Grit, die nicht verstand, was ihr geschah: Ihr Mund war mit Paketband zugeklebt; sie zerrte an den Kabelbindern, mit denen ihre Hände auf den Rücken gefesselt waren. Niemand teilte ihr mit, wohin die Reise ging, noch sprach jemand ein Wort mit ihr. Einer der beiden jungen Männer saß vorn neben Lilly, der andere hinter ihm auf dem rechten Hintersitz. Die Türfensterscheiben des Autos waren verdunkelt, so dass nicht zu erkennen war, wer darin fuhr.

Nach einer knappen Stunde hielt der Wagen vor einem alten Bauernhof an, der von einem großen Tor verschlossen war. Einer der beiden Jungen öffnete einen Torflügel; so konnte Lilly auf den Hof fahren. Grit wurden die Augenbinde, das Klebeband und die Fesseln abgenommen; sie wusste nicht, wo sie war. Links und rechts von dem Bauernhof befanden sich keine weiteren Häuser. Auch gab es kein Dorf um ihn herum. Mit einer Scheune und Ställen, die unbenutzt waren, stand er einsam und ohne Nachbarschaft in einer kargen Landschaft.

Lilly und die beiden Jungs waren nochmals zu Grits Wohnung gefahren, um in aller Eile ein paar Sachen zum Anziehen und ihren Waschbeutel einzupacken. Auch hatten sie in ihrem Schreibtisch nach Geld gesucht. Sie wollten Grit für länger auf dem Bauernhof festhalten.

„Warum habt ihr mich hierher entführt?", wollte sie wissen, „was soll das? Wo bin ich hier?"

„Das geht dich nichts an", erwiderte Lilly arrogant, „du wirst hier erleben, was du verdienst. In einem der Kellerräume steht ein Bett für dich. Zeigt meiner Stiefmutter, wo sie schläft", befahl sie den beiden Jungs, die ihrer Anweisung folgten.

Währenddessen bereitete Lilly ein paar Stullen für eine nächtliche Brotzeit vor, die sie verzehrten, nachdem Grit ihr feuchtes, muffiges Schlafgemach im Keller besichtigt hatte.

„Wir ketten dich hier nicht an", erklärte Lilly, „denn von hier flüchten kannst du nicht. Das Haus ist mit einer Alarmanlage an allen Fenstern und Türen gesichert. Werden diese ohne Chipkarte geöffnet, wird lauter Alarm ausgelöst. Der Zaun rund um das Anwesen und auch das Tor stehen unter Strom, den du nicht überlebst. An allen Ecken des Zauns befinden sich Kameras"

„Wo bin ich hier?", wandte sich Grit an Lilly, „antworte endlich auf meine Frage! Was soll ich hier?"

„Du bist bei Kai, deinem Mann und meinem Vater – der lebt", gab Lilly mit bedeutungsvoll klingender Stimme zurück, „wir haben dich nach Hause zu Kai gebracht und sind zu Hause bei ihm. Die beiden Jungen sind meine Brüder. Wusstest du, dass ich noch Geschwister habe?", sie lachte hämisch und fasste die beiden Jungs an den Händen.

„Das ist nicht wahr", rief Grit außer sich, „diese beiden Jungen sind Geschwister von dir? Ihr drei habt dieselbe Mutter? Das glaube ich nicht", sagte sie - von Lillys Lüge fest überzeugt.

Plötzlich hörte sie jemanden reden, dessen Stimme sie kannte: „Endlich bist du bei mir. Weißt du, wer mit dir spricht?"

„Du bist doch verunglückt, Kai", erwiderte sie, von dieser Überraschung komplett überwältigt, „bist du nicht tödlich verunglückt? Wie kommt es, dass du jetzt mit mir sprichst?"

„Du wolltest mich tödlich verunglückt, Grit, und hättest mich fast beerdigt, wenn der Sarg, in den du mich legen wolltest, nicht plötzlich verschwunden wäre. Das hat mich gerettet."

„Ich höre dich, Kai, und möchte dich sehen. Bist du im Nebenzimmer?", wollte sie wissen, „bleib da. Ich komme gleich zu dir rüber."

„Immer langsam, Grit, wir sehen uns morgen. Heute hast du mich gehört und weißt, dass ich noch lebe."

Er verstummte und ließ sie zurück.


Durchgefroren wachte sie in dem Kellerraum auf. Völlig erschöpft war sie in einen unruhigen Schlaf gefallen. Sie wusste nicht, ob das, was sie erlebt hatte, nur ein schlimmer Albtraum war oder tatsächlich passiert war. Die Wiederkehr von Kai als einem, der offenbar lebte, hatte sie stark bewegt. Hinzu kamen die beiden Jungs, die Lilly als Brüder für sich reklamierte. Viel war für sie in dieser Nacht zusammengekommen. Was kam jetzt? Sie habe doch noch mehr zu erwarten, dachte sie sich. Sie trat in die niedrige Wohnstube des Bauernhauses, der einzige Raum, in dem sie gemeinsam frühstücken konnten, und sah nach Kai. Würde er jetzt auf sie zukommen und sie nach langer Zeit begrüßen, fragte sich Grit. Plötzlich gab es Bewegung auf einer Leinwand und Kai trat in Erscheinung mit den Worten:

„Guten Morgen, Grit! Kannst du mich sehen?"

„Warum sitzt du nicht hier am Tisch? Wir frühstücken."

„Noch traue ich mich nicht, mit dir an einem Tisch zu sitzen. Da brauche ich noch etwas Zeit. Ist denn Lilly schon da?"

„Hier bin ich, Papa", sagte diese wieder mit ihrer zucker-süßen Stimme, „alles gut? Hast du genug geschlafen?"

„Das habe ich und freue mich, Grit zu sehen, die bereits da ist und auf den heißen Kaffee wartet. Bald sitzen wir alle an einem Tisch."

„Genau", bestätigte Lilly und lachte, „das wird wunderbar. Ich freue mich auch."

Schließlich kamen der ersehnte Kaffee, Brötchen, Butter, Honig und Marmelade. Die beiden Jungs sorgten für ein leckeres Frühstück. Grit war erstaunt.

Nach dem Frühstück wollte sie rund um den Bauernhof in freier Natur spazieren gehen. Das wurde ihr untersagt; denn Lilly und die beiden, die sie als ihre Brüder bezeichnete, fürchteten, dass sie flüchten würde. Deshalb durfte sie ausschließlich auf dem Hof auf- und abgehen, den leere Ställe und eine noch halb mit altem Heu befüllte Scheune umgaben. Landwirtschaft wurde dort offenbar schon seit Längerem nicht mehr betrieben. Grit fand sich damit ab, nur auf dem Hof frische Luft zu schnappen. Statt des dunklen Kellerraums und der niedrigen Wohnstube, in der gefrühstückt wurde, hatte sie nun Sonne und blauen Himmel und ließ die Gedanken schweifen.

Ob Kai tatsächlich am Leben sei, fragte sie sich, und was es mit ihm, Lilly und den beiden Jungs auf sich habe,

dass sie hierher entführt worden war und gefangen gehalten wurde. War das der Beginn der von Lilly immer
wieder in Aussicht gestellten Rache? Musste sie nun für
die von Lilly herbeihalluzinierten Hassgefühle büßen,
die sie Kai und Lilly gegenüber niemals empfunden
hatte? Lebte Kai, so dass sie der Vorwurf traf, seinen Unfall zum Anlass genommen zu haben, ihn zu beseitigen?
Sollte im Gegenzug nun sie von der Bildfläche verschwinden? Geholfen hätte ihr, sich mit Adrian auszutauschen und seine Hilfe zu haben. Aber der war weit
weg und für sie unerreichbar. Denn das Handy hatte ihr
Lilly abgenommen …

## AUF DEM LAND

Nach zwei Stunden Fahrt mit Bussen und Bahn hatte Adi gegen Mittag das Dorf erreicht, bei dem er das Auto seiner Mutter mit platten Hinterreifen abgestellt hatte. Vor zwanzig Jahren gab es im Dorf einen kleinen Bahnhof, dessen Betrieb aber seit Jahren eingestellt worden war. Jetzt befand sich dort eine große Bushaltestelle, an der alle Busse Halt machten, die das Dorf durchfuhren. Er stieg dort aus und lief durch die etwas verwinkelten Gassen und Straßen des Dorfes zu dem Wagen, der vor einem der Dorfeingänge stand, wie ihn Adrian hinterlassen hatte; zu weiteren Beschädigungen an Fenstern oder Karosserie war es nicht gekommen. Auf seinem Weg war er an der einzigen Tankstelle im Ort vorbeigekommen; die hatte auch eine Reparaturwerkstatt. Dorthin fuhr er das Auto, um die Hinterreifen auswechseln zu lassen. Als er bei der Werkstatt anfragte, ob der Wagen bis zum Abend repariert werden könne, wurde ihm mitgeteilt, dass er viel Glück habe. Denn per Zufall sei ein passender Reifen auf Lager. Insofern gebe es mit dem Abschluss der Reparatur bis zum späten Nachmittag kein Problem. Adi atmete auf - froh, dass alles so glatt verlief. Um den Zeitraum der Reparatur des Autos zu überbrücken, hatte er die Idee, sich nach Lilly zu erkundigen. Denn sie hatte ihn ja vor ein paar Tagen aufgefordert, hier in die Gegend zu kommen, um mit ihr und dem Vater, der lebe, einen Whiskey zu trinken. Das sprach dafür, dass sie hier eine

Bleibe hatte – nicht im Wald, wie Adrian bei seiner Ankunft auf dem Parkplatz glaubte, sondern möglicherweise in der Nähe des Dorfes auf dem Land.

Ein aktuelles Foto von Lilly hatte er bei sich - vorsorglich von ihrem Rechner auf sein Handy geladen. Damit ging er, obwohl es davon nicht viele gab, von Geschäft zu Geschäft durch das Dorf und fragte nach ihr – zunächst bei einer Bäckerei.

„Guten Tag", begrüßte Adrian die Verkäuferin an der Theke der Bäckerei, „haben Sie frische Brötchen?"

„Na klar", gab die Verkäuferin zurück, „wie viele sollen es sein? Nur von den hellen oder auch von den dunklen?"

„Viel los ist heute nicht", bemerkte er, „oder ist das zur Mittagszeit immer so?"

„Freitagmittag sind die meisten schon im Wochenende", erklärte sie, „Samstagvormittag haben wir sie wieder hier für den Einkauf am Wochenende. Wie viele Brötchen ...?"

„Ach ja, zwei helle, zwei dunkle und eine Brezel", erwiderte er, „noch eine Frage habe ich", und hielt ihr sein Handy mit Lillys Foto hin, „haben Sie diese Frau schon mal gesehen?"

„Nein", sagte sie überzeugt nach kurzer Pause, „die habe ich noch nie gesehen, ehrlich, ich kenne sie nicht."

Er nahm die Brötchen, bezahlte und bedankte sich.


Seine nächste Station war eine Metzgerei. Offenbar stand da der Chef an der Theke.

„Womit kann ich dienen?", fragte er, „brauchen Sie Fleisch fürs Wochenende?"

„Ich möchte zwei Paar Landjäger zum Mittag. Haben Sie welche?"

„Sind gerade ausverkauft", bedauerte der Metzger, „nehmen Sie doch unsere Krakauer – die sind eine Delikatesse. Probieren Sie mal", er hielt ihm ein Stück Krakauer mit der Gabel hin.

„Lecker", äußerte Adrian, „davon nehme ich drei – das wird reichen."

„Kann ich noch etwas für Sie tun? Hier sind noch saure Gurken und Kartoffelsalat."

„Mehr als die Krakauer brauche ich nicht", erwiderte Adrian und bezahlte, „aber ich habe noch eine Frage. Haben Sie diese junge Frau hier schon gesehen?"

Wie der Verkäuferin in der Bäckerei, zeigte er ihm Lillys Foto auf seinem Handy.

„Habe ich nicht", antwortete der Metzger, „aber ich frage mal meine Frau, die meistens hier verkauft. Ich mache das nur ausnahmsweise."

Er verschwand mit dem Foto und kam nach kurzer Zeit mit seiner Frau zurück, die den Kopf schüttelte und erklärte, Lilly in der Metzgerei nie gesehen zu haben.

„Ist das Ihre Freundin oder Ihre Schwester?", fragte sie Adrian.

Er nickte.

„Meine Schwester suche ich, die vermutlich hier in der Gegend lebt."

„Fragen Sie mal in dem Obst- und Gemüseladen am Markt; der ist sehr beliebt oder bei dem Bäcker auf der anderen Seite des Dorfes."

„Das versuche ich. Vielen Dank!", sagte er, nahm die Krakauer und verabschiedete sich.


Der Laden am Markt hatte ein großes Angebot an Obst und Gemüse. Adrian kaufte Bananen, Tomaten und Weintrauben. Als er der Verkäuferin Lillys Foto hinhielt, sagte sie ihm, dass sie Lilly vor ein paar Tagen hier im Laden gesehen habe.

„Als sie den Laden betrat, erschrak ich. Denn ihre roten, übermüdeten Augen, ihr zerzaustes Haar und die schmuddeligen Klamotten, in denen sie steckte, waren abstoßend. Ich hatte Angst und war irritiert."

„Hat sie mit Ihnen gesprochen?", wollte er wissen.

„Nein", antwortete die Verkäuferin, „sie kaufte sehr eilig Obst und Gemüse und fragte mich, wo es Brötchen und Milch gebe. Nachdem ich ihr das gesagt hatte, verließ sie wortlos den Laden und war weg."

„Offenbar ist sie hier in der Gegend", stellte er fest, „Sie haben mir sehr geholfen – vielen Dank!", er nahm seinen Einkauf, bezahlte und verabschiedete sich.

Nachdem er auf einer der Bänke beim Busbahnhof seine mittägliche Brotzeit eingenommen hatte, sah sich Adrian auf einer dort ausgehängten Landkarte die Umgebung des Dorfes an, um ein einsames Anwesen zu identifizieren, wo er Lilly vermutete. Zugleich war er überrascht, dass ihn keine SMS oder Telefonate erreichten. Denn er hatte damit gerechnet, wieder getrackt zu werden. Wer ihn zuvor mit *fake* belästigte, wusste er immer noch nicht - von wem auch. Sollte es Lilly gewesen sein, hielt sie sich möglicherweise zurück, um ihren Standort nicht zu verraten.

Mit seiner Suche nach einem Anwesen, in dem sich Lilly befinden könnte, wurde Adi nicht fündig. Inzwischen war es nachmittags gegen halb drei, und er hielt es für gut, nach dem Stand der Reparatur des Autos zu fragen. Dabei bot sich vermutlich Gelegenheit, dass er sich nach einsamen oder verlassenen Bauernhöfen erkundigte. Als er die Autowerkstatt betrat, stellte er fest, dass die beiden Hinterreifen schon ersetzt worden waren und der Wagen fahrbereit war.

„Es ging schneller als gedacht", sagte der Automechaniker, „dass wir den richtigen Reifen hatten, war großes Glück."

Adrian bezahlte die Rechnung und dankte für die rasche Reparatur. Bevor er wegfuhr, fragte er den Automechaniker nach einsamen oder verlassenen Bauernhöfen in der Umgebung des Dorfes.

„Sind Ihnen solche Anwesen bekannt?", wollte er wissen, „es ist ein persönliches Interesse meinerseits, Immobilienmakler oder Investor bin ich nicht. Ich suche eine Bekannte, die hier in der Gegend seit ein paar Monaten wohnt und sich für einen einsamen Bauernhof als Bleibe entschieden hat."

„Vor ein paar Monaten wurde mir diese Frage schon mal gestellt", sagte der Automechaniker überrascht, „das war eine junge Frau mit einem Mini Cooper. Sie suchte einen nicht mehr betriebenen Bauernhof, den sie mieten wollte und der sich nicht weit von hier befand."

Als Adrian das hörte, war er plötzlich ganz aufgeregt: Das war doch Lilly.

„Das könnte das Anwesen sein", äußerte er, „wie komme ich dorthin?"

Der Automechaniker beschrieb in kurzen Zügen den Weg.

„Der Hof liegt ungefähr zehn Kilometer von hier", erklärte er, „die Frau, die den Mini fuhr, war mir unheimlich. So, wie die aussah, war sie wie eine Hexe aus dem Märchenbuch; da hat nur die Katze auf ihrer Schulter gefehlt. Sie starrte auch ständig auf ihr Handy. Ich war echt froh, als sie weg war – die war krass."

„Ich mache mich mal auf den Weg", verabschiedete sich Adrian, „besten Dank für Ihren Tip und die schnelle Reparatur!"

Es war nachmittags und noch hell. Nach einer halben Stunde hatte er den Hof gefunden und stand mit dem Auto etwa fünfzig Meter von dem geschlossenen Tor entfernt. Allem Anschein nach hielt sich Lilly hier versteckt; denn es konnte niemand anders als Lilly sein, die der Automechaniker und die Gemüsehändlerin ihm beschrieben hatten. Da ging das Tor plötzlich auf. Ein schwarzer Mini Cooper verließ mit quietschenden Reifen den Hof und raste auf der mit Feldsteinen gepflasterten Straße an ihm vorbei. Adrian glaubte Lilly am Steuer des Wagens zu erkennen. Aber der Mini Cooper war ihm Beweis genug. Was tat sie auf diesem Bauernhof, fragte er sich, jetzt war sie wohl auf dem Weg ins Dorf. Grits Auto hatte sie wahrscheinlich nicht erkannt; dafür war ihr beiger Golf nicht auffällig genug. Doch ihr nachzufahren, schien ihm zu risikoreich. Und was sollte er ihr sagen, wenn er im Dorf bei dem Gemüsehändler oder beim Metzger auf sie stieß? Erfahren würde er dort von ihr nichts. Sie würde vor ihm fliehen oder ihn stehen lassen. Denn willkommen war er ihr nicht. Wo Grit sei, könnte er sie fragen. Doch dass sie darauf Antwort gab, war eher nicht zu erwarten. Denn es ging ihr ja stets mehr um Kai, erinnerte Adrian sich.

Mit dem Auto fuhr er an dem geschlossenen Tor vorbei und versteckte es hinter Büschen, die nicht weit von dem Hof entfernt waren. Dann bewegte er sich über die Wiese zum Hof und ging ihn von der Seite an, die der Straße abgewandt war. Die Größe des Areals erstaunte ihn, das mit Stacheldraht neu eingezäunt worden war. An den Pfosten waren Sensoren angebracht, die vernehmbar piepten, wenn ihnen jemand zu nahekam. An den Ecken des Zauns waren Kameras angebracht, die er rechtzeitig entdeckte, so dass er ihnen ausweichen konnte. Von der einsehbaren Seite des Hofes gegenüber der Straße sah er, eine Frau auf und ab gehen, die ihn vom Gang her an seine Mutter erinnerte. War sie das, fragte er sich; er konnte sie nicht erkennen.

Adrian pirschte sich an den Zaun heran und vermied, von Sensoren und Kameras entdeckt zu werden. Zugleich versuchte er, auf sich aufmerksam zu machen, und warf mit Steinen auf rostige Ölfässer, die in der Nähe des Zauns herumlagen. Dabei winkte er der Frau zu, die er für Grit hielt und die sich dem Zaun näherte: Es war Grit!

„Adrian", rief sie, „du?"

„Was machst du hier, Mutter?", fragte er, „hat Lilly dich hierher entführt?"

Sie nickte.

„Ich habe mir schon so was gedacht, als ich deinen überfüllten Briefkasten sah", sagte er, „wie komme ich in den Hof?"

„Pass auf, der Zaun steht unter Strom …"

„… außerdem sind hier Alarmanlagen und Kameras", bemerkte er.

„Warum bist du hier? Was machst du hier?", wollte sie wissen.

„Das erzähle ich dir, wenn du wieder frei bist und nicht hier am Zaun. Übrigens bin ich auch wegen Lilly hier."

„Wie willst du mich denn befreien? Hier ist alles abgesperrt wie in einem Hochsicherheitstrakt."

„Über den Keller gibt es in diesem alten Bauernhof mit Sicherheit einen Zugang, der nicht unter Kamerabeobachtung oder Stromspannung steht – den hat Lilly bestimmt übersehen. Kommst du in den Keller?"

„Ich bin im Keller untergebracht. Ich sehe mich mal nach unauffälligen Türen nach draußen um."

Nach einer halben Stunde kam Grit an den Zaun zurück. Inzwischen dämmerte es, und sie hatte etwas Mühe, Adi wiederzufinden. Er machte sich wieder mit Steinen bemerkbar, die er gegen die Fässer warf. Da sah sie ihn.

„Ganz vorn an der Längsseite des Wohnhauses befindet sich eine Tür, die nach draußen führt. Am besten kommst du dorthin."

Vorsichtig bewegt er sich zu diesem Teil des Gebäudes. Die Tür, die vom Keller nach draußen führte, klemmte stark. Grit warf sich von innen gegen sie, Adrian zog sie von außen auf; sie sprang auf, und die beiden flüchteten über die Wiese zu dem Versteck, wo sich das Auto von Grit befand.

## FLUCHT

Lilly war außer sich vor Wut, als sie von ihren Einkäufen zurückkam und feststellen musste, dass Grit geflohen war. Dass sie das fertigbrachte, hätte sie ihr nicht zugetraut. Zu ihrem Ärger hatte sie die Tracker nicht angeschaltet, mit denen sie in der Lage war zu verfolgen, was Grit tat. Sie hatte nicht geglaubt, dass eine solche Maßnahme nach zehn Tagen widerstandsfreier Gefangenschaft notwendig gewesen wäre. Doch jetzt war Grit geflüchtet und nicht mehr greifbar für ihren Plan, ihr als Stiefmutter zu beweisen, dass sie sich Kai, ihrem Vater, wie auch ihr gegenüber schuldig gemacht habe und sie deshalb entschädigen müsse. Die beiden Jungs, die sie zu ihren Brüdern desselben Vaters erklärt hatte, dies aber nicht waren, entließ sie mit dem Hinweis, dass sie ihre Arbeit nicht gut genug gemacht hätten, und speiste sie mit einem deutlich kleineren Betrag als den von ihr in Aussicht gestellten ab. Die beiden nahmen das Geld, beschwerten sie über die schlechte Behandlung, waren aber froh, aus Lillys Fängen entlassen zu werden, die sie als Knechtschaft empfunden hatten.


Währenddessen fuhren Adrian und Grit zurück in die Stadt und erreichten die Wohnung dort gegen zehn Uhr abends. Ihr Plan war, nicht länger in der Wohnung zu bleiben, sondern sich mit frischen Kleidern auszustatten,

Linda den Wohnungsschlüssel zurückzugeben und für ein paar Tage eine Pension auf dem Land aufzusuchen, um sich in Ruhe auszutauschen und das weitere Vorgehen zu überlegen. Dort sollten sie weder Internetkommunikation noch Telefonate erreichen können; davon wären sie nur gestört worden. So entgingen sie der Begegnung mit Lilly, mit der sie in der Wohnung an den kommenden Tagen rechneten.

„Dass Vater lebt, ist *fake*", erklärte Adrian, als sie mit einer Tasse Kaffee auf dem Balkon der Pension saßen, „das hat Lilly mir auch vorgemacht. Deshalb bin ich hierhergekommen, als sie dich bereits entführt hatte. Doch da war nichts außer SMS und Telefonanrufen – alles nur Schwindel."

„Ich habe Kai gesehen", entgegnete Grit, „eine persönliche Begegnung hatte Lilly mir in Aussicht gestellt. Aber dazu war es nicht gekommen. Dafür fehle es noch an geeigneten Virtual-Reality-Brillen, hieß es immer. Die Begegnung mit ihm hat mich heftig verwirrt. Aber wenn alles nur *fake* war, hat sie mich genauso angelogen wie dich."

„Stimmt es denn, dass du Lillys Stiefmutter bist?", wollte Adrian wissen, „oder ist das auch ein Märchen, mit dem sie dich terrorisiert?"

„Ich bin Lillys Stiefmutter", bestätigte sie, „Kai hat Lilly von einem Seitensprung mitgebracht. Aber gehasst habe ich sie nie. Das hat sie immer wieder versucht, mir einzureden, um sich mit ihren Drohungen und Angriffen gegen mich auf der richtigen Seite zu fühlen. Ich *durfte* zu nichts anderem in der Lage sein, als sie zu hassen. Andernfalls wäre ich nicht ihre Stiefmutter – aber die bin ich. Deshalb hätte ich auch den Autounfall von Kai zum Anlass genommen, ihr den Vater zu entziehen und für tot zu erklären, obwohl er das gar nicht sei."

„Ich bin entsetzt, fassungslos", äußerte Adi, „nie hätte ich gedacht, dass sie sich so entwickelt. Hat sie denn Freunde?"

„Keine Ahnung! Seit du zum Studieren weggezogen warst, wurde es immer schlimmer mit ihr. Sie hat mich nicht mehr an sich herangelassen, nichts von sich erzählt und auf keine Frage, die ich ihr stellte, geantwortet. In der Absicht, mich zu entführen, hat sie mich um Hilfe gebeten. Ich sollte schnell zum Rathausplatz kommen, um sie vor zwei jungen Kerlen zu schützen, die sie, wie sie vorgab, bedrohten. Das waren gemeinsam mit ihr meine Entführer."

„Wirst du Lilly deshalb anzeigen und ihr mit einer saftigen Strafe einen Denkzettel verpassen, damit sie zur Vernunft kommt?"

„Ich glaube nicht, dass ich es fertigbringe, meine Tochter anzuzeigen, auch meine Stieftochter nicht, selbst wenn sie ein Biest ist. Außerdem bin ich nicht davon überzeugt, dass eine Anzeige dazu beiträgt, sie wieder zur Vernunft zu bringen. Dafür müssen andere Wege gefunden werden."

„Was machen wir jetzt, Mutter?", fragte er, „wirst du wieder in deine Wohnung zurückkehren und warten, was Lilly als nächstes mit dir macht?"

„Hast du eine Idee?", wollte sie wissen, „ich muss auch meinen Arbeitgeber kontaktieren. Ich war eine ganze Weile nicht mehr im Job. Lilly hat mich mit einem gefälschten Schein krankgemeldet, nachdem sie mich entführt hatte …"

„Aktuell möchte Lilly wahrscheinlich wissen, ob dir jemand bei deiner Flucht geholfen hat. Sie beobachtet, was nun passiert, und lässt dich in Ruhe, bis du dich verrätst. Du darfst auf keinen Fall zu erkennen geben, dass wir zusammen sind, ich allerdings auch nicht. Am besten lassen wir unsere Handys und unsere Laptops ausgeschaltet und nehmen sie immer nur kurz in Betrieb. Damit machen wir ihr es schwer, uns zu *tracken*."

„Gute Idee, Adrian!", warf sie ein, „das wird funktionieren."

„Aber es reicht noch nicht", merkte er an, „denn Lilly soll da draußen auf ihrem Bauernhof bleiben. Dort ist sie weit genug weg und terrorisiert dich nicht in der Wohnung.

Zugleich vermietest du ihr Zimmer, nachdem wir es aus-geräumt haben. Der neue Mieter bin ich, der sich den Nachbarn gegenüber als jüngerer Bruder Kais ausgibt, Kai äußerst ähnlich sieht, längere Zeit im Ausland war und nun bei dir, seiner Schwägerin, einzieht. Kai sehe ich in der Tat ähnlich. Mit seiner Frisur, Brille und Kleidung, die du von ihm noch hast, lässt sich das weiter verstär-ken. Mit einer *analog* existierenden Person stellen wir ih-ren *digitalen fake* infrage und setzen ihr, die mich sehen und für Kai halten wird, den eigenen 'Vater' *face2face* ent-gegen. Mal sehen, was dann passiert."

„Ist nicht ganz einfach, aber eine gute Idee", stimmte Grit zu, „vielleicht gelingt es uns, Lilly den Internetwahn aus-zutreiben und sie davon zu befreien."

Nach zwei weiteren Tagen auf dem Land kehrten die bei-den in die Wohnung der Mutter zurück und packten al-les, was Lilly gehörte, in Kartons und anschließend in den Keller. Die Nachbarin Linda, die froh war, dass Ad-rian und seine Mutter wieder da waren, fragte neugierig, was mit Lilly sei und ob auch sie hier erwartet werde. Darauf erhielt sie die vage Auskunft, dass Lilly hier nicht mehr wohne, sich auf unbestimmte Zeit von Adi und Grit verabschiedet habe und nun in einem Ort lebe, der ihnen beiden unbekannt sei. Die Nachbarin atmete auf;

denn die lauten Streitereien zwischen Mutter und Tochter, die sie wieder und wieder vernommen hatte, waren
damit vorbei.

An den folgenden Tagen schrieb Grit Lillys Zimmer als
Unterkunft innerhalb einer Wohngemeinschaft mit ihr in
der Lokalzeitung aus. Selbstverständlich gab es einige
Bewerberinnen und Bewerber; einer von denen war Adis
Vater Kai sehr ähnlich, der den Zuschlag erhielt und das
Zimmer bezog. Da Adrian für alle Hausbewohner sicht-
bar abreiste und die Wohnung verließ, kam kein Ver-
dacht auf, dass er es war, der als Kai das Zimmer bezog,
zumal er nun kurze Haare, einen Schnauzer und eine
Brille hatte. Der Nachbarin erklärte Grit nochmals persönlich, dass der jüngere Bruder ihres Mannes aus dem
Ausland zurückgekehrt sei und nun bei ihr wohne. Die
Kinder seien aus dem Haus – auch Adrian. Um nicht
ganz allein zu sein, freue sie sich, die Wohnung für sich
und den Bruder von Kai zu haben.

Wenn alles nach Plan läuft, sinnierte Grit, ist Lillys „Vater" nun wiedergeboren.

# VATER

Als Lilly den Menschen, den sie für ihren Vater hielt, aus dem Haus gehen sah, wäre sie fast in Ohnmacht gefallen; so überrascht war sie. Das war tatsächlich Kai und nicht nur ein Avatar, wie sie ihn digital produzierte und für lebendig erklärte. Hatte sie nicht gewusst, dass er noch lebte? Noch saß sie in ihrem Auto, das sie in der Nähe des Hauses geparkt hatte, und beobachtete, wohin sich derjenige bewegte, den sie für ihren Vater hielt und der nun bald zehn Tage bei ihrer Stiefmutter lebte. Dass ihre Stiefmutter in der Lokalzeitung ein Zimmer ihrer Wohnung zur Vermietung angeboten hatte, war ihr nicht entgangen. Nun lebte ihr Vater Kai in ihrem Zimmer; denn ein anderes Zimmer konnte es gar nicht sein. Als dieser Mensch nun um die Ecke in Richtung Bushaltestelle ging, stieg sie aus ihrem Mini Cooper aus und eilte ihm hinterher.

Da sah sie den Bus kommen, den er nutzen würde, um in die Stadt zu fahren, und rannte zur Haltestelle, um ihn zu erreichen; zusammen mit dem, den sie für Kai hielt, stieg Lilly ein und setzte sich ganz nach hinten in den Bus, so dass sie ihn gut in Augenschein nehmen konnte, ohne dabei selbst entdeckt zu werden. Je länger sie ihn anstarrte, um so sicherer war sie, dass es Kai sei. An der Haltestelle „Stadtmitte" stiegen beide aus. Warum er sich nicht mit ihr in Verbindung gesetzt habe, fragte sie sich; ihm musste doch klar sein, dass sie ihn sehr vermisste. Er hatte einen schnellen Schritt. Wenn sie sich nicht beeilte und ihn nicht anspreche, dürfte er ihr wieder davonlaufen, sagte sie sich, bis sie ihn auf einen Meter eingeholt hatte.

„Halt doch mal an!", rief sie ihm zu, „wir kennen uns. Ich bin Lilly, deine Tochter!"

Ruckartig blieb er stehen und drehte sich um.

„Wer sind Sie? Meine Tochter?", er sah sie an, schüttelte den Kopf und sagte: „Nein, ich kenne Sie nicht."

„Wie kann das sein?", erwiderte Lilly, „du siehst aus wie mein Vater und bist es. Heißt du nicht Kai?"

„So heiße ich. Aber deshalb bin ich nicht Ihr Vater. Das muss eine Verwechselung sein – tut mir leid. Wie heißen denn Sie?"

„Ich bin Lilly", sagte sie selbstbewusst, „mein Vater heißt Kai und sieht so aus wie du. Das ist keine Verwechslung. Wer sollte denn sonst mein Vater sein? Das verstehe ich nicht. Ich kann dir viele Fotos zeigen, die ich von dir und mir gemacht habe."

„Tut mir leid, Lilly! Aber ich habe dringend zu tun und leider keine Zeit, um Ihren Vater zu suchen. Viel Erfolg wünsche ich Ihnen."

„Darf ich ein Foto von dir machen?", fragte sie ihn, „ich schicke es dir, wenn du mir deine Mailadresse sagst."

Doch das hörte er nicht mehr. Denn der Mann, den Lilly für ihren Vater hielt, war bereits in der Menschenmenge verschwunden; sie sah ihn nicht mehr.

An dem werde sie dranbleiben, schwor sie sich, das ist doch mein Vater. Warum verleugnet der sich vor mir?

Enttäuscht kehrte sie zu ihrem Auto zurück. Als sie losfahren wollte, sah sie die Nachbarin Linda das Haus betreten. An die werde ich mich gleich wenden, nahm sie sich vor, die weiß sicher, was Sache ist. Lilly verließ ihr Auto wieder, ging zu dem Haus und klingelte an der Haustür bei der Nachbarin.

„Hallo", hörte sie deren Stimme, „wer ist da?"

Wie ihr mutmaßlicher Vater war auch ihre Stiefmutter außer Haus und bei der Arbeit, so dass Lilly keine Sorge haben musste, von den beiden entdeckt zu werden.

„Lilly ist an der Tür", sagte sie mit freundlicher Stimme, „zweieinhalb Jahre habe ich in der Wohnung gegenüber von Ihnen gewohnt. Erinnern Sie sich an mich?"

„Lilly? Ach ja, ich erinnere mich an dich. Komm rein!", sagte Linda und drückte auf den Türöffner.

Sie stand in der Wohnungstür und erschrak, als sie Lilly die Treppe hochkommen sah.

„Geht es dir gut, mein Kind?", äußerte sie, „du siehst ausserordentlich mitgenommen aus. Was ist dir passiert?"

„Ich arbeite viel, wahrscheinlich zu viel im Internet – meistens in einem abgedunkelten Raum oder nachts", erwiderte Lilly und versuchte zu lächeln, „außerdem suche ich meinen Vater."

„Ach ja?", gab sich die Nachbarin erstaunt, „dein Vater lebt? Ich dachte, der sei verunglückt?"

„Nein, der lebt", entgegnete Lilly mit Nachdruck, „ich habe ihn heute hier aus dem Haus gehen sehen. Offenbar wohnt er hier."

„Davon weiß ich nichts", wehrte Linda ab, „tut mir leid, Lilly. In letzter Zeit ist so viel in diesem Haus passiert. Ich selbst habe genug um die Ohren und bekomme nicht alles mit, was um mich herum hier geschieht."

„Aber Sie werden doch mitbekommen haben, dass meine Stiefmutter einen neuen Mitbewohner hat", rief sie entrüstet, „das ist mein Vater – er wohnt jetzt in meinem Zimmer."

„Das ist mir komplett entgangen, davon weiß ich nichts", sagte Linda und bat Lilly um Nachsicht, „sollte ich etwas erfahren, melde ich mich bei dir. Am besten tauschen wir unsere Mailadressen und unsere Telefonnummern aus."

„Ein guter Vorschlag, den Sie da machen", sagte Lilly, „sollte ich länger nicht von Ihnen hören, wende ich mich wieder an Sie."

Linda entschuldigte sich nochmals bei ihr; dann verabschiedeten sie sich und gingen auseinander.

Lilly fuhr zu ihrem Bauernhof zurück - verärgert, nichts von dem Mann, den sie für ihren Vater hielt, erfahren zu haben, aber auch traurig, von den aktuellen Ereignissen abgeschnitten zu sein. Sie wartete auf eine Mitteilung der Nachbarin; denn sie ging fest davon aus, dass diese mehr wusste, als sie zu erkennen gab und verstanden hatte, dass Lilly viel an ihrem Vater lag. Doch Linda rührte sich nicht. Auch war Lilly ein paar Mal in die Stadt gefahren, hatte sich mit dem Auto vor das Haus gestellt, in dem ihre Stiefmutter und Kai, wie sie glaubte, wohnten, und hatte sogar den Bus in Richtung „Stadtmitte" abgepasst. Kai tauchte nicht mehr auf. Nachdem sie ein paar Wochen geglaubt hatte, dass sie tatsächlich *face2face* mit ihm zusammengekommen war, ihn aber nicht mehr wiedersah, fiel sie wieder in ihre virtuelle Welt zurück, die sie sich vormachte, die *fake* war, in der sie glaubte, sich behaupten zu können, und die sie sich als Wirklichkeit bestätigte. Besessen von dem Gedanken, dass ihr Vater am

Leben sei, sie ihn tatsächlich getroffen habe und die Stiefmutter ihr ihn vorenthalte, war sie nicht mehr in der Lage, Virtualität und Wirklichkeit zu unterscheiden. Anders gesagt: Was sie sah, war immer wahr, wirklich und zutreffend – unabhängig davon, ob es sich auf dem Bildschirm oder tatsächlich abspielte.

Denn für Lilly waren das alles Bilder, die Wirklichkeit repräsentierten. Wie hätten Bilder anders entstehen oder existieren können? Mit diesem Verständnis gab es für sie auch keinen *fake* oder gar die Absicht, *falsche Informationen* zu verbreiten. Vielmehr war alles richtig, was sie im Internet sah, und je mehr sie sah, um so richtiger war es ihrer Auffassung nach. Sollten diejenigen, die ihr nicht glaubten und nicht vertrauten, doch beweisen, dass sie im Irrtum sei und ihre Einschätzungen fehlgingen. Aber dazu sah sie niemanden in der Lage, da Bilder sie überzeugten und aus ihrer Sicht an Überzeugungskraft nicht zu übertreffen waren. Allein *Tiger Tall* hatte sie als Avatar entlarvt; ein technischer Fehler hatte ihn verraten. Doch wo sich keine Fehler herausstellten, dort war alles für sie in Ordnung und bot keinen Anlass für Misstrauen oder Zweifel. Die Virtualität des Internets war für Lilly die Welt, die die richtige war.

Mit dieser Intention wandte sie sich mit einer Mitteilung an Adrian, um ihm ihr Schicksal zu klagen: *Ich bin Deine Halbschwester, unser gemeinsamer Vater Kai hat mich von einem Seitensprung zu Dir gebracht, Deine Mutter, meine Stiefmutter, Grit kann nichts anderes, als mich hassen, hat mir Kai gestohlen, indem sie ihn nach seinem Autounfall für tödlich verunglückt erklärte, hat mich immer unfassbar schlecht behandelt und permanent falsch beeinflusst. Deshalb habe ich ihr Rache geschworen, sie entführt, bewiesen, dass Kai lebt, und hätte sie zur Entschädigung meiner Zurücksetzung gezwungen, wenn sie nicht geflüchtet wäre. Dann habe ich Kai tatsächlich gesehen, der jetzt mit Grit in unserer Wohnung lebt, habe ihn angesprochen, aber er leugnete, mein Vater zu sein, was er mit Sicherheit auf Veranlassung von Grit tat. Ist Dir klar, was mich bewegt? Verstehst Du, was mich treibt?"* - so erklärte sie Adrian ihre Situation.

## NO FAKE

„*Lilly*", antwortete ihr Adrian mit einer Mail, „*warum
willst du in einem Meer von Selbstmitleid untergehen? Kai
verlor ich wie Du – anders kann es nicht sein, da es derselbe
Mensch ist. Zu glauben, dass Grit uns den Vater gestohlen hat,
der dem Unfall nicht zum Opfer gefallen ist und lebt, ist falsch,
ist Unsinn, ist fake, wie dies auch Deine Einladung an mich
war, mit Kai bei einem Whisky zusammenzusitzen, sei er doch
gar nicht tot. Da gab es ein Video oder auch nur ein Bild, was
Dich glauben ließ, dass unser Vater am Leben ist. Ob dies ein
aktuelles Bild oder Video war, hat Dich nicht interessiert. Von
Interesse für Dich ist immer nur, was Du hören und sehen
willst – alles andere nicht. Für Dich steht immer im Mittelpunkt, was Du allein auf Dich beziehst. Grund dafür ist, dass
Dich aus Deiner Sicht alle hassen, weil Du anders zu sein
glaubst als alle anderen. In der Tat ist anders, dass Du alles im
Internet stets nur auf Dich beziehst. Du findest Kai lebendig,
der tatsächlich tot ist, Du wirst von Grit gehasst, weil Du dem
Internet entnimmst, dass die Mehrzahl der Stiefmütter ihre
Stieftöchter hasst, Du glaubst gemieden oder verstoßen zu
werden, da Du nach Deinem Empfinden so viel qualifizierter
bist als alle um Dich herum. Deine Einsamkeit, Deine Verlas-
senheit geht aus Deiner Sicht nicht auf Dein nerd-like Verhalten zurück, vielmehr ist es die Dummheit der anderen. Wie
einfach Du Dich täuschen lässt, weil Du unfähig zu Kritik bist,
ist mir klar geworden, als ich Dir kürzlich Kai in der Stadt
vormachte, Du aber nicht auf die Idee gekommen bist, auf einen*

*'fake' hereinzufallen. Es ist unfassbar, Lilly, was für ein Kind Du geblieben bist und dass Du gar nichts anderes möchtest. Aufzuwecken versuche ich Dich mit dieser Mail. Wenn das nicht gelingt, wird es Dir in Deinem Leben immer schlechter gehen. Mit dem Internet und den vielen Apps, die dort zur Verfügung stehen, wird sich das nicht ändern, erst recht nicht verbessern – im Gegenteil: Du wirst Deines Lebens überdrüssig und es als fake empfinden. Ich kann und will mir nicht vorstellen, dass Du das tatsächlich willst."*

Konnte Lilly zu einem Leben zurückfinden, das sie unabhängig vom Internet führte? Das erschien unwahrscheinlich, auf jeden Fall äußerst schwierig. Denn ihren Lebenswandel und ihren Umgang mit anderen Menschen hätte sie ändern müssen. Überall stand das Internet für sie im Mittelpunkt. Stets kommunizierte sie über Apps, Software und Computer. Immer sah sie sich einem Universum an Information und Wissen gegenüber, auf das sie einschränkungsfrei zugreifen konnte. Aber die Virtualität des Internets ist nie greifbar, immer ein Abbild oder eine Kopie *von etwas*, aber nichts selbst; so ist es oft bei Informationsträgern. Selten führte sie das Internet zu direkten Bekanntschaften oder Freunden. Nun sollte sie ein *normales* Leben führen? Was bedeutete das? Zuallererst würde es wahrscheinlich darum gehen, sich nicht mehr allein in ein dunkles Zimmer einzuschließen und hinter einen Bildschirm zurückzuziehen, sondern Austausch und Gemeinschaft mit anderen Menschen an belebten, offenen Orten anzustreben – ein Leben in Gemeinschaft, das nicht ausschließlich auf Maschinen beruht und auch unabhängig davon existiert! Dies schien einer Wiedergeburt zu gleichen. Deshalb war nicht erstaunlich, dass Lilly schimpfte und schrie, als Adrians Mitteilung sie erreichte. Wie ein Kind hatte sie Angst, dass ihr das Spielzeug genommen werde, an dem ihr lag, weil sie glaubte, sich damit selbst beweisen zu können – fake! Doch etwas anderes hatte Lilly nicht.